À la lumière

Céline Gabaret

À la lumière

ÉDITIONS MARIE ROMAINE

www.editionsmarieromaine.fr

À mes enfants.

Dès que, née au matin, parut l'aurore aux doigts de rose.
Ἦμος δ' ἠριγένεια φάνη ῥοδοδάκτυλος Ἠώς.

HOMÈRE

I

Le Vieux-Port de La Rochelle s'éveillait ce matin-là comme un voyageur fatigué. Il était trop tôt dans la saison pour que les bancs face à la mer deviennent des places de premier rang devant la forêt de mâts qui respiraient par à-coups imperceptibles. À l'horizon, la grande roue restait immobile. Les stands de crêpes étaient ouverts, champignons blancs sous le soleil d'avril, mais aucune foule ne se pressait autour d'eux. Les tilleuls alignés étaient encore vert tendre, presque en sommeil. Le pavé ne sentait ni les assiettes de poisson servies dès midi, ni les parfums vifs des touristes du soir : il sentait surtout la mer, les rêves de grand large et le sel. L'air était celui du matin, propre et tout neuf ; un air venteux de page blanche.

Rosalie Sauvage déambulait entre la tour de la Chaîne et le quai Duperré, sur ce cours des Dames qu'elle connaissait depuis toujours. Elle allait lentement, se laissant porter par la fraîcheur du jour naissant. Elle regardait les bateaux rangés là comme des jouets dans une malle ouverte, brillants et sages, endormis dans la marée montante. Elle imagina encore emprunter l'un d'eux et partir, voyager loin, voir d'autres mondes. Elle qui prenait rarement la mer, elle avait toujours admiré l'audace des marins. Quand elle était montée à Paris pour son diplôme, on lui avait dit qu'elle portait un nom de bateau. Elle avait bien cherché : jamais elle n'avait trouvé de coque qui aurait étalé son nom au soleil, une coque gravée de belles lettres rondes, les lettres qui imitent l'écriture manuscrite, *Rosalie Sauvage*. Elle se sentait toujours heureuse quand elle voyait un bateau hisser les voiles. « Si je pouvais, se disait-elle souvent, j'irais vraiment loin. En Argentine, en Australie, mais pas en France. Et là-bas, si on me demande d'où je viens, je ne répondrai pas, ou alors, je dirai n'importe quoi, n'importe où sauf ici. » La perspective de partir seule en mer pendant de longs mois et de faire tenir toute possession dans deux sacs à dos la faisait frissonner. L'idée d'abandonner tout ce qui la définissait et de s'engouffrer dans l'horizon était, pour elle, une forme de fantasme inassouvi qu'elle chérissait sans l'avouer à personne. Un de ces rêves que l'on range dans nos poches et dont on ne parle pas, ceux qui tiennent entre une clé et deux galets, et que l'on fait rouler du bout des doigts sans jamais les mettre au jour.

Quelques familles longeaient le quai. De vieilles femmes revenaient du marché avec leurs légumes contre elles, les serrant comme ces enfants endormis que l'on porte à l'épaule, ceux qui laissent leurs bras brinquebaler dans le vide. Rosalie pensa à son mari. Elle s'était séparée de lui cinq ans plus tôt, peu de temps après la naissance de leur fille. Elle se demanda comment il allait, où il était. Sa fille le voyait très rarement, il avait déménagé à Paris et vivait pour « ses affaires », comme il les appelait. Elle ne cherchait pas à en savoir davantage. Elle pouvait garder leur fille au quotidien, c'était son information suffisante. Il s'appelait Tim. C'était gravé dans l'alliance qu'elle laissait dans le tiroir de sa table de nuit en bois de châtaignier. Tim et Rosalie. « C'est beau comme du Sautet », avait dit le bijoutier.

Elle prit le temps de s'asseoir quelques minutes près d'un restaurant qui recevait de grandes caisses de vin depuis un camion ouvert. Elle hésita à adopter une position, elle ne savait pas si elle préférait regarder la chorégraphie des hommes qui vidaient le camion et entassaient les caisses sur les pavés pour qu'un autre les transporte ensuite une à une à l'intérieur, ou de l'autre côté, les reflets que le soleil semait sur la mer. Elle adorait regarder le monde vivre en restant spectatrice invisible. Elle ne voulait déranger personne mais elle aimait tout savoir du quotidien des autres. Elle ne fuyait pas les gens, elle voulait simplement les observer depuis ailleurs, depuis là-haut, depuis quelque part, sans être vraiment avec eux. Rosalie avait été élevée ici, entre les falaises de calcaire et les grands vents de l'Atlantique. Elle avait passé son enfance dans une petite maison à Fouras. Sa mère ne venait à La Rochelle que pour y trouver un médecin ou du pain aux noix chez le petit boulanger du marché du mardi. Quand Rosalie s'était installée près du cinéma des

Minimes, elle avait eu l'impression de gagner la ville, la vraie. Elle était certaine alors qu'elle était au seuil d'une nouvelle vie faite d'intrépides rencontres. Finalement, les années l'avaient dessinée en personnage plutôt solitaire. Elle se laissa gagner par une impression d'inadéquation au monde qui faisait autant de remous en elle que n'importe quel bateau dans ces eaux grises. Étrangère, voilà. Elle se sentirait probablement étrangère partout, pensa-t-elle, ni d'ici ni de là-bas. Elle marquerait toujours un temps quand on lui demanderait quel était son pays, où était son chez-elle. Elle avait l'impression qu'elle avait cherché à s'ancrer quelque part sans y parvenir vraiment. À jamais exilée, navire à l'ancre cassée.

Rosalie était la fille d'une mère mais d'aucun père.
Sa mère lui avait expliqué que son père était une rencontre d'un soir lors d'un concert, qu'elle ne l'avait jamais revu, qu'elle n'avait jamais cherché à le contacter, qu'elle ne savait rien de lui. « C'est mieux », concluait-elle à chaque fois qu'elle lui en parlait. Rosalie ne savait pas si cette phrase était un constat convaincu ou une prophétie autoréalisatrice. Elle avait bien eu un père adoptif, qui avait fini par déménager très loin, sur les côtes de l'Angleterre, avant d'avoir l'idée d'y mourir. De cet homme, Rosalie regrettait surtout les lettres qu'ils s'envoyaient à Noël et en juin, et qui, dans un élan de filiation colmatée, étaient des avions en papier lancés par-dessus la Manche. Elle était née un jour de Saint-Jean, un vingt-quatre juin. Elle aimait cette date qui

sentait le foin coupé, les feux sauvages et les soirs qui oublient l'heure. Elle avait l'impression d'être arrivée comme une allumette jetée sur du petit bois.

Elle pensait à tout cela quand une femme s'approcha d'elle. Elle était jeune, elle semblait perdue, elle ne parlait pas français ; elle lui montra son téléphone éteint en prononçant des phrases en espagnol que Rosalie ne comprenait pas. Elle s'approcha encore, devant Rosalie qui se levait et qui écarquillait les yeux, troublée de sortir de sa rêverie. La femme montrait son téléphone muet et répétait les mots inconnus, comme si le fait de les prononcer une seconde fois allait brusquement les éclaircir. Rosalie s'excusa et fit un petit signe de la tête en ouvrant les deux mains. C'est alors qu'elle vit que la jeune femme était enceinte. Elle ne comprenait pas ses gestes mais il lui sembla qu'elle cherchait quelqu'un. Ennuyée devant Rosalie, la femme reprit sa route. Rosalie la regarda s'éloigner et s'engager dans les ruelles, en espérant qu'elle trouverait ce qu'elle cherchait. Elle s'en voulait de ne pas avoir pu l'aider dans sa quête. Elle sentait que sa journée commençait mal, et avait le sentiment diffus d'avoir manqué l'occasion d'incarner un rôle, d'être quelqu'un d'autre, quelqu'un qu'elle aurait aimé être.
Aurait-elle ressenti le même ennui si la femme enceinte avait été un homme ? Certainement non, conclut-elle, implacable. La maternité est une expérience qui rapproche, qui transforme, qui redessine. Elle gomme sans bruit les frontières qui se dressent entre les femmes.

Toutes les mères sont les incrédules membres d'un nouveau clan invisible dont personne ne nomme les règles. Le clan se perpétue, s'agrandit de naissance en naissance, et les mères trouvent dans les yeux des autres mères tout ce qui les unit en silence. C'est un clan très large mais impalpable, sans royaume et sans âge, une guilde de maudites et de privilégiées, tout à la fois.

Rosalie était toujours sur son banc, mais elle ne pouvait s'empêcher de jeter des coups d'œil réguliers vers la rue qu'avait empruntée la jeune femme. L'inquiétude qu'elle concevait pour elle n'était pas due à une forme de pitié, elle ne la considérait pas comme digne de souci parce que diminuée, ou précisément augmentée. Elle ne la plaignait pas, elle ne se sentait pas responsable de sa fortune ce matin-là, elle n'avait même pas vraiment peur pour elle. Elle se sentait liée à elle, de manière insaisissable. Elle se leva avec un petit geste de la main dont elle ne sut pas bien s'il était destiné à chasser une mouche ou ses pensées, et elle s'engagea dans les ruelles à son tour.

Il ne lui fallut pas longtemps pour retrouver la femme au téléphone. Elle semblait avoir trouvé ce qu'elle cherchait, assise sur les marches de la Coursive. Les deux mains à plat sur le ventre, elle parlait avec une autre femme qui riait avec elle en allumant une cigarette. Rosalie fit quelques pas dans sa direction. Elle ne savait pas précisément ce qu'elle voulait, peut-être juste lui faire un signe. Lui dire qu'elle avait tenu à voir si tout

allait bien pour elle, et qu'à présent elle pourrait disparaître. Lui sourire de loin, peut-être, avant de reprendre le cours de sa vie. Rosalie était toujours partante pour sourire de loin. C'est en s'approchant qu'elle s'étonna de reconnaître la femme à la cigarette. Il y eut quelques regards échangés, tout alla vite, et Rosalie eut l'impression que la rue entière se tournait vers elle.
– Madame Sauvage ?...
Rosalie regarda celle qui l'appelait par son nom. Elle n'était pas plus vieille que l'autre, celle qui lui avait demandé de l'aide avec son téléphone. Elle était plus brune, très jolie, vingt ans, vingt-cinq peut-être. Rosalie rassembla ses souvenirs autour d'elle. Ce visage lui disait bien quelque chose. C'était diffus, enfoui quelque part, mais elle savait qu'elle la connaissait.
– Madame Sauvage ! Le piano, la rue Thiers, là-bas ! Vous voyez ?
Elle faisait de grands gestes en montrant l'ouest, comme faisant abstraction des bâtiments qui s'élevaient entre eux et le passé qu'elle évoquait. Puis elle mit la main sur le cœur et s'exclama :
– Nora ! Nora Amar !
– Nora.
Rosalie hocha la tête, en répétant le prénom. Elle se souvenait. Nora, huit ans, cette petite fille vive comme un bengali rouge qu'elle avait en cours à dix-sept heures trente, le mardi soir. Le dernier cours du mardi. Rosalie était souvent en retard, elle comptait un quart d'heure de marge, mais ce quart d'heure devenait souvent une

demi-heure, au fil des cours sur toute une journée. Nora attendait longtemps sur une chaise d'écolier, dans un coin de la salle Orff, la salle au deuxième étage, celle qu'elle occupait avant qu'on l'installe au rez-de-chaussée. Nora, les jambes qui se balançaient parce qu'elles ne touchaient pas le sol, les cheveux souvent en désordre et la bouche toute rose ; Nora qu'il fallait reprendre lorsqu'elle venait à bâiller et qui faisait toujours la moue quand on lui demandait de commencer par les gammes ou les exercices de Hanon. Elle les faisait d'ailleurs toujours trop vite, il fallait mettre le métronome et taper du bout de l'index sur le bois du piano.

– Nora.

Elle eut l'impression qu'elle prononçait à nouveau son prénom juste pour savoir s'il sonnait bien. Elle trouva que c'était le cas.

Elle lui expliqua en quelques mots sa rencontre avec la fameuse femme au téléphone, ce qui amusa beaucoup Nora.

– Oh ! Elle se met au français, c'est encore fragile, dit Nora, comme s'excusant. C'est une amie que j'ai rencontrée il y a quelques années. C'était pendant Erasmus en Espagne. Hazel. Elle s'appelle Hazel. Elle vient du Costa Rica. Elle découvre, ici, elle n'était jamais venue. On avait rendez-vous devant la Coursive.

– Ah ! répondit simplement Rosalie.

La jeune femme lui fit un signe d'un air entendu. Rosalie pensa à tous ces élèves qu'elle avait vus en tête-à-tête pendant près de vingt ans. Elle se demanda si elle pourrait se souvenir d'eux, tous, et devait bien accepter que ce ne fût pas le cas. Les premiers peut-être, on se souvient toujours de ses élèves de la première année. Elle aurait même pu donner leurs prénoms, là, debout sur les pavés. Mais ensuite, dans l'implacable fil des ans, les visages se sont succédé devant son piano. Il lui était impossible de les convoquer à nouveau. Ils étaient chassés de sa mémoire par cette mystérieuse opération que fait le cerveau pour conserver de l'espace disponible. Sur vingt ans, pensa-t-elle, ou dix-neuf, si l'on enlève la première année donc, cela fait près de quinze élèves par jour, trois à quatre jours par semaine, mais il faudrait soustraire ceux qui sont venus plusieurs années de suite…

– Ça fait combien ? dit Nora en la coupant de sa rêverie.

Rosalie se demanda si elle voulait le résultat du savant calcul qu'elle croyait bien être en train de faire sans bruit.

– Combien ? reprit-elle en clignant des yeux.

– Oui, ça fait combien ? Dix ans ? Quinze ans ? Attendez, continua Nora en regardant loin en l'air, je vous avais en cours, j'avais quoi, huit ans, jusqu'à douze ans, j'en ai vingt-trois… Ça fait quinze ans. Si on compte à partir du début.

Rosalie avala sa salive et le poids du temps.

– J'avais donc vingt-cinq ans quand tu es venue pour la première fois, dit-elle. Presque comme toi aujourd'hui, non ?

– Fou ! s'écria Nora.

Puis elle éclata d'un rire chantant, un rire qui dégringolait comme ses gammes pressées. Elle lui expliqua son

parcours, ses études de langues, sa volonté de travailler à l'étranger. Elle parlait avec l'énergie de celles qui ont l'habitude qu'on les écoute.
– Ah ! Madame Sauvage, finit-elle par ajouter avec un grand soupir. Vous n'avez pas changé. C'est surtout votre voix qui ne change pas. Je me souviens des auditions et d'un truc que je n'arrivais pas à jouer, un Debussy je crois. Vous aviez tellement entouré une mesure que vous aviez troué la page. Ça vous arrivait souvent ? Vous avez le droit de ne pas vous souvenir de moi. Ni de la page trouée. J'ai toujours préféré les cours de théâtre du mercredi après-midi. Et aujourd'hui, encore ! Je travaille là-bas. Au théâtre de l'Alchimiste.
Elle tendait le bras vers le nord.
– Je fais partie d'une équipe de création. Avec Jean-Claude Gréau. Vous connaissez ? J'interviens pour les formations adultes.
Rosalie sut alors qu'elle se trouvait dans une de ces situations où l'on se demande si le fait de mentir posera problème.
Nora eut l'air de s'amuser de la voir hésiter, et elle continua :
– C'est sûr que nous ne jouons jamais à la Coursive ! Mais bon. Qui sait ? Ah ! Madame Sauvage. Vraiment, ça me fait plaisir. Et puis, je vais vous dire…
Nora chercha ses mots en se mordant les lèvres. Rosalie pensait au pain à rapporter et à celle qui l'attendait. Elle n'avait aucune envie de discuter, ou en tout cas, de discuter comme ça, de manière faussement légère. Elle était capable d'échanger pendant des heures pourvu

qu'elle ait bénéficié d'un peu de temps auparavant pour s'y préparer. Elle pouvait passer la nuit entière à bavarder avec Gaëlle Ravet, celle qui avait eu un poste en même temps qu'elle et qui était rapidement devenue son amie. Avec elle, Rosalie pouvait parler de tout, de chansons, de bégonias, d'amour : de choses qui commencent et qui finissent. De vrais sujets. Elle détestait le langage vide et rapide. Elle avait l'impression d'être coincée dans un entre-deux, un sas d'embarquement des mots, celui qui n'est pas le silence, mais qui n'est pas non plus la vraie parole. Elle détestait qu'on lui demande comment elle allait : elle trouvait que cette question exigeait chez n'importe quel être normal une réponse de plusieurs heures.

– Je vais, je vais… continua Nora qui semblait hermétique au mutisme de Rosalie.

– Où ? Tu vas où ?

Nora se mit à rire encore. Sa main gauche se posa sur son ventre. Rosalie, avant de s'adonner aux exclamations d'usage pour ce qui n'était pas du présent mais du futur proche, ne put s'empêcher de constater à nouveau avec étonnement combien l'annonce la plus vieille de l'univers était difficile à mettre en mots.

– Quelle bonne nouvelle, s'écria Rosalie avec toute la conviction dont elle était capable. Un bébé prévu pour quand ?

– L'automne. Il reste l'été. Tout le monde me dit que c'est dur, l'été. Mais ça passera vite. Nous avons hâte !

Rosalie acquiesça. Elle se tourna vers l'autre femme, dont elle avait déjà oublié le nom.

– Donc toutes les deux, dit-elle.
Nora dansait d'un pied sur l'autre.
– Toutes les deux ! répondit-elle. À quelques mois près. Quand nos enfants seront là, on pourra tout comparer, partager des… Je ne sais pas. Des astuces ! On a de la chance ! Non ?
Rosalie se demanda silencieusement s'il existait des astuces pour être mère, puis s'il existait des astuces pour vivre, et elle se mit alors à penser à l'astuce de sa mère pour monter les blancs en neige. Elle esquissa un mouvement vers le port.
– J'en suis très heureuse, ajouta-t-elle. Je dois rentrer, ma fille à moi m'attend. Elle est chez un voisin, et…
– Une fille ! Je l'ignorais, dit Nora en souriant.
– Elle a six ans. Six ans depuis février.
– Nous voilà toutes mères, ici, alors.
Rosalie n'osa pas dire à Nora qu'elle n'était pas encore mère. Elle se demanda si elle connaissait le truc des blancs en neige.
– J'ai l'impression de découvrir enfin ce que c'est, reprit Nora avec gravité.
Nora mit sa main sur le bras de Rosalie, comme pour acter une communion.
– À bientôt, madame Sauvage. Nous nous reverrons sûrement. Si vous avez besoin de quoi que ce soit, n'hésitez pas. Je garde de mes cours avec vous un souvenir très tendre. Je passerai vous voir au conservatoire. Je vous présenterai mon bébé, peut-être !
Rosalie se doutait qu'elle n'allait sûrement pas revoir

la petite Nora devenue grande à moins d'un de ces concours de circonstances dont seule la réalité a le secret.
– Madame Sauvage, au plaisir de vous revoir !
– Je vous souhaite un beau printemps, conclut Rosalie, avant de faire un signe de main aux deux femmes comme si elle avait voulu saluer le public avant de sortir de scène.

Rosalie s'éloigna d'un pas rapide et reprit sa route vers les Minimes. Elle s'en voulait d'avoir simplement souhaité « un beau printemps ». Qu'aurait-elle pu dire d'autre ? Bonne continuation ? Belle rencontre ? Pourquoi ne pas avoir dit « Je vous souhaite de ne pas trop vous faire renverser par la maternité » ? Elle se sentait confuse de n'avoir pas parlé vrai. Quand une femme annonce une grossesse, on sourit, on félicite, on s'émerveille. Il faut dire d'en profiter, surtout, « Profitez bien », « Tout passe vite ». Les plus pessimistes diront quelque chose comme « Vous verrez, ça change la vie », d'un air entendu. Décidément, on ne sait jamais sur quel pied danser quand une femme annonce le secret qui pousse quelque part au milieu d'elle comme une bouture de lierre. Elle est là, toute remplie de l'inquiétante étrangeté qui tour à tour la sidère et l'inquiète, et les autres, les femmes d'en face, celles de l'autre rive, celles qui savent, acquiescent en souriant et souhaitent de beaux printemps, bien incapables de combler en deux phrases l'univers qu'il y aurait à mettre en mots.

Quelle étrange matinée, se disait Rosalie Sauvage. Elle avait rêvé de bateaux dans la torpeur du jour naissant, elle avait suivi une femme sans trop savoir pourquoi, et les bras du passé l'avaient rattrapée dans un virage de pierres blanches, derrière les poteaux rejoints par des chaînes à grosses mailles. Elle ne savait si elle était davantage troublée par la vue de Nora ou par l'annonce de sa grossesse. Son pas s'accélérait.

Elle croyait en vouloir à Nora, comme elle en voulait à la plupart de ses élèves, elle lui en voulait de lui parler comme à une vieille, avec un attachement qui lui semblait souvent artificiel et toujours provisoire, elle lui en voulait d'avoir oublié de rester une petite fille, d'avoir voulu accélérer le temps comme elle le faisait pour ses gammes, d'avoir refusé de suivre un métronome qui ne peut pas se régler. Elle lui en voulait d'être devenue une vraie femme avec de vrais plis au coin des yeux, de toujours l'appeler madame, et elle lui en voulait encore plus de promettre qu'elle viendrait la voir alors qu'il était évident qu'elle ne viendrait sans doute jamais.

En vérité, Rosalie en voulait surtout aux ans qui passent. Le temps n'est jamais aussi palpable que lorsque nous rencontrons par hasard quelqu'un que nous avons connu enfant et que nous n'avions pas vu devenir adulte. Dans l'altération de ses traits, dans le changement de ses cheveux, dans la modification de sa bouche, dans chaque trace enfin que le vieillissement laisse sur son visage, c'est notre vieillissement à nous qui nous assaille. Soudain, le hasard nous tend le miroir de notre propre changement, du terrible éloignement de notre enfance.

Rosalie fut finalement doucement fâchée de cette annonce de grossesse qui la secouait plus que n'importe lequel de ces sentiers d'été pleins de racines et de galets que l'on emprunte à vélo. Elle accéléra encore, pour retrouver sa fille. Penser à elle la fit presque courir. Elle voulait se réfugier près d'elle, fermer la porte et ne plus voir personne. Elle se doutait bien qu'elle n'aurait jamais plus d'annonce à faire dans la rue avec la main sur son ventre. « Tant mieux, se répétait-elle, tant mieux. » Et pourtant, elle était en colère d'avoir été, le temps d'une minute, celle qui savait devant celle qui avait la fraîcheur de l'ignorance. La vieille habituée (est-on jamais une habituée de la maternité ?) devant celle qui croyait découvrir un nouveau continent, alors qu'elle était encore sans le savoir sur un rivage de son propre pays. Rosalie marchait tête baissée, sans regarder les passants. Elle était en colère d'être de celles qui ont déjà rencontré l'Amérique et non de celles qui en rêvent encore. Elle aurait pu être fière, mais elle avait surtout le cœur froissé, amer, tout abîmé de s'être souvenue qu'elle était dans l'après et non plus dans l'avant. Elle se sentait comme ces listes de courses oubliées qui passent à la machine à laver, qui prennent une drôle de texture et qui deviennent illisibles, involontairement passées, vestiges d'une projection d'avenir lavée à trente degrés.

II

– Pourquoi on grandit ?

Olivier Maglione se tourna vers la petite fille. Décidément, cette enfant lui aura tout fait. Il avait sorti les crayons de couleur et les albums, il avait fait un puzzle, il avait même proposé les dessins animés, mais elle n'en avait pas voulu. Elle ne faisait rien comme les autres. On aurait dit qu'elle respirait pour questionner, questionner sans cesse. Il n'était pas dix heures et Olivier était déjà fatigué. Après les questions sur la météo, sur le contenu de ses placards, sur les professions de ses parents, sur les noms des petits de tous les animaux de la basse-cour, elle attaquait donc les questions existentielles.

– Pourquoi on grandit ?

Elle avait répété sa question exactement sur le même ton que la première fois, en penchant la tête sur le côté, immobile.

– Parce que.

– Parce que quoi ?

– Parce que… parce que si on restait toujours petits, dit-il brusquement inspiré, il n'y aurait personne pour attraper les livres tout en haut des étagères.

Constance eut une petite moue.
– Il y a les échelles, fit-elle comme blasée de devoir expliquer des évidences à son voisin. Maman, elle est pas très grande, moins grande que toi je veux dire. Elle peut pas toucher le dernier rayon, tout en haut. Et pourtant, elle est grande.
En mettant son index à la verticale en l'air, elle ajouta :
– Grande de la tête.
– Grande dans sa tête, alors.
– Je ne sais pas.
La petite fille eut un soupir.
– Parfois, elle est très grande dans sa tête, et parfois elle ne l'est pas beaucoup, philosopha-t-elle.

Olivier s'enfonça un peu plus dans son fauteuil. Il se demandait bien ce que faisait Rosalie. Il avait beau apprécier la fraîcheur des moments qu'il pouvait passer avec Constance, il n'aimait pas vraiment laisser son temps se faire dévorer par une petite brune. Comme sa mère, elle était jolie et volontaire, mais elle était plus envahissante. Rosalie était bien la plus discrète du monde, son voisin en convenait. Quand elle avait emménagé dans cet immeuble, trois ans plus tôt, et qu'elle lui avait appris qu'elle était prof de piano, il avait marqué un temps. Il avait associé la profession à un certain niveau de décibels. Il n'avait pas de problème avec la musique, mais il n'avait pas spécialement envie d'entendre du piano au ralenti du matin au soir, du morceau haché par le métronome, de la mesure reprise dix fois, vingt fois, cent fois avant d'être fluide.

– Je n'aurai pas de piano chez moi, avait ajouté Rosalie.
Il avait eu l'impression qu'un plombier lui annonçait qu'il vivrait sans robinet, sans tuyau et sans conduit.
– Vraiment ? C'est drôle !
Elle n'avait rien répondu. Elle avait eu l'air de se demander longuement si c'était drôle ou pas.
– Je veux dire, c'est surprenant, avait-il tenté. Mais je serais ravi que vous m'expliquiez. Que tu m'expliques. On va se tutoyer, non ?
Elle n'avait rien dit, à nouveau. Il avait repris :
– Tu habitais où, avant ? À La Rochelle déjà ? Parce que si tu ne connais pas, je peux te montrer, on pourra faire le tour. On a… Enfin j'ai des amis, là, pas très loin, et puis je connais bien. C'est vivant ici, ça va. Ce n'est pas Paris, évidemment ! Mais ça bouge. Tu étais où, avant ? Loin ?
– Non.
Cette fille ne baissait jamais les yeux. Même quand elle ne répondait pas vraiment. Il avait souri, il avait hésité et il avait demandé :
– Tu as déjeuné ? Il est tard, là, si tu n'as pas déjeuné, on peut…
Elle l'avait interrompu :
– C'est au conservatoire que j'enseigne. Depuis que j'ai mon poste là-bas, je n'ai plus de piano à moi. C'est pour ça. Je l'ai vendu. Si je veux travailler, j'y vais, j'y ai toujours ma salle. Cela me permet d'être vraiment chez moi quand je suis chez moi.
Olivier avait acquiescé. Elle avait continué :

– Un piano, c'est très envahissant. C'est très lourd, très haut, très large, c'est une forêt de marteaux et un bateau de bois. Vous avez déjà déménagé un piano ?
– Tu.
Il avait ri, elle n'avait pas ri, alors il s'était passé la main dans les cheveux. Elle avait demandé à nouveau :
– Tu as déjà déménagé un piano ?
Il avait été troublé par l'obstination qui se promenait dans la voix de cette femme comme les sirops de fraise que l'on ajoute dans l'eau et qui la colorent par volutes.
– Le piano c'est mon passé, mon présent et mon futur, c'est toute ma vie, avait-elle ajouté. Quand les gens me voient, ils regardent mes mains et ils les commentent, ils voient l'ombre d'un piano devant moi, ils me demandent ce que je joue, ce que j'ai pour ambition de jouer, ce que je recommande à quelqu'un qui veut commencer. Alors quand je suis chez moi, désormais, je suis vraiment chez moi. Je ne suis plus que moi. Si je veux redevenir la femme au piano, je dois sortir. C'est reposant.
Olivier n'avait rien trouvé à répondre. Il avait également laissé tomber son invitation à déjeuner. Il était surtout soulagé de savoir que les élèves ne viendraient pas dans l'appartement, qu'il n'entendrait ni étude de Bach ni prélude de Chopin tout massacré d'être déchiffré, et qu'il pourrait donc tranquillement regarder des films et dormir tard après ses nuits de rédaction. Il n'était pas particulièrement attaché au calme, au contraire, il était féru de voyage et d'aventure, mais il aimait le grand air et le silence. Quand on lui demandait de rédiger un article,

le déplacement était son moment préféré. Il travaillait pour Radio France. Il avait saisi l'opportunité d'être correspondant à La Rochelle pour fuir la capitale et pour s'installer près de la mer. Il retournait à la Maison de la Radio une fois par semaine, pour animer une émission de géographie. S'il n'avait pas à aller quelque part et s'il pouvait rester au bord de la mer, Olivier s'installait sur son lit et lisait toute la nuit à la lumière d'une petite lampe verte qu'il déplaçait pour la poser à même les draps. Il faisait souvent monter des filles qui partaient au matin pour ne plus revenir. Il n'avait jamais pu garder une de ses conquêtes très longtemps, et il se plaisait à se répéter qu'il aimait trop la solitude. Il préférait les délices du sentiment amoureux lorsque l'on sait qu'ils n'engagent à rien. À la limite, pensa-t-il ce matin-là en regardant Constance s'installer sur le bras du fauteuil avec un livre, il aurait peut-être toléré la présence d'une femme. Mais d'un enfant…

– Je pense qu'on grandit parce qu'on est obligés, murmura brusquement Constance, les yeux dans le vide et le livre ouvert. Si on était pas obligés, on le ferait pas. C'est si dommage. De grandir. Si on avait le choix, on resterait petits. Tous les adultes, ils rêvent d'être petits.
– Pas moi, se défendit-il.
– Si, répliqua Constance catégorique. Tu en rêves même si tu dis que non, tu en rêves mais tu le sais pas. Parfois on rêve de choses, puis on les oublie, mais quand même c'est là.

Elle regarda dehors, comme pour mieux respirer un morceau de ciel, puis se tourna à nouveau vers lui.
– On grandit parce qu'on n'a pas le choix, et après on passe plein de temps à vouloir retrouver ce qu'on avait quand on était petits. Moi, conclut-elle, quand je serai grande, j'espère bien que je ne voudrai pas être petite.
Olivier ne répondit pas. Il savait qu'il n'en avait pas besoin. Constance était toujours comme ça. Elle déroulait sa pensée comme elle aurait soufflé dans un rouleau de serpentin.
– Parce que tu comprends, comme je suis petite, maman ne veut pas me laisser seule. Je dois être ici chez toi. Et ça, c'est très ennuyeux, dit-elle gravement. J'ai hâte qu'elle me laisse un peu seule pour de vrai.
Pour une fois, Olivier et Constance se comprenaient complètement.
– J'aime être seul pour de vrai, moi aussi.
Il se demanda si sa seule fierté d'adulte était celle d'avoir accès à la solitude, ce qui pouvait à la fois être un constat très triste et très joyeux.

Il avait les deux mains prises dans ses interrogations quand la petite fille bondit. Elle se précipita vers sa mère qui venait de franchir la porte, laissant voler dans le courant d'air un parfum chargé de pain frais, d'écorce d'orange et d'églantine. Les enfants ont l'ouïe fine des chats : Constance avait basculé hors du fauteuil avant que l'on n'entende la porte s'ouvrir.
– Olivier, merci, fit tranquillement Rosalie en serrant sa fille dans ses bras.

Il ne sut pas trop quoi répondre, il aurait bien aimé dire quelque chose comme : « La prochaine fois, merci de ne pas me laisser ta fille, sauf si c'est vraiment indispensable, parce qu'elle m'épuise. » Finalement, il ne dit rien du tout. Il s'approcha, comme pour mieux la saluer, hésitant à l'embrasser. Elle le regarda sans comprendre. Alors à la place, il eut l'idée de demander :
– Tu as trouvé ce que tu voulais ?
– Ce que je voulais ?
Rosalie posa le pain sur la table et se tourna vers lui en gardant un bras en l'air, comme si elle voulait montrer du doigt quelque chose. Olivier pensa à la position de garde des joueurs d'escrime et au bras qui ne tient pas l'épée, courbé comme s'ils s'apprêtaient à tirer sur le rideau du ciel. Il lui aurait bien demandé de baisser le bras et de reculer d'un pas.
– La partition…
– La partition ! s'exclama Rosalie en se touchant le front. J'ai oublié la partition.
Rosalie était passée en coup de vent deux heures plus tôt, sa fille auprès d'elle, et elle lui avait parlé très vite d'une partition à aller chercher, avant de lui laisser Constance qui tenait deux albums illustrés dans chaque main. Olivier était plein d'assurance en société, mais il n'aimait pas dire non. C'était à la fois son drame et son talent.
– La partition, répétait Rosalie, confuse.
Cette histoire lui était complètement sortie de la tête. Pourtant, celle-ci était vraie. Il arrivait assez régulièrement qu'elle invente des prétextes pour laisser Constance

une heure ou deux chez Olivier, ou chez Gaëlle. La laisser chez sa collègue demandait plus d'organisation, parce qu'elle habitait plus loin et qu'il fallait prendre la voiture. Olivier Maglione était l'option facile, d'autant plus qu'il osait rarement refuser. Constance faisait la moue quand sa mère lui annonçait qu'elle allait chez lui, mais au fond, Rosalie savait qu'elle l'aimait bien. Et elle nourrissait beaucoup de confiance pour le jugement de sa fille sur le reste du monde.

– J'y retournerai, finit-elle par dire en haussant les épaules, j'irai la chercher. Ce n'est pas grave. Je le ferai avec Constance.

On ne savait jamais bien si elle parlait de sa fille ou si elle entendait faire les choses « avec constance » : Olivier aimait cette confusion.

La petite fille sautilla dans l'appartement et, sans rien dire, disparut dans la chambre. Rosalie fit un geste pour l'arrêter, puis se ravisa. Constance était probablement partie lire à nouveau. Olivier se tourna vers sa voisine et proposa un café. Il cuisinait peu et était habile en peu de choses, mais il maîtrisait à la perfection l'art du café. Il trouvait merveilleux qu'une boisson aussi simple demande autant de savoir-faire et puisse être obtenue de tant de façons différentes. Il sortit sa cafetière à piston et le petit bocal à confiture qui contenait des grains entiers. Il était mystérieusement convaincu qu'il plaisait aux femmes lorsqu'il leur préparait un café, ce qui n'était pas toujours vrai, mais cette certitude le rendait très heureux.

Rosalie le regarda faire sans ciller. Le mixeur à grains laissa voler dans l'air un parfum d'aurore. Elle fit quelques pas jusqu'à la fenêtre et laissa ses yeux se perdre à l'horizon, derrière les toits aux tuiles où l'ocre se mêle au beige paille. Elle se tourna brusquement vers son voisin.
– Tu as des enfants ? Des enfants un peu cachés… Des enfants lointains, que je n'aurais jamais vus ?
Il resta interdit une seconde.
– Tu n'as pas d'enfant. Bien sûr, ajouta-t-elle en haussant les épaules comme pour mieux manifester l'évidence.
Elle soupira.
– Si tu allais en avoir, ajouta-t-elle. Imagine. Imagine, tu sais que c'est là, c'est maintenant. Une de ces filles que tu fais tout le temps monter chez toi attend un enfant, et c'est toi le père. Comment tu l'annonces aux autres ?
Olivier préféra sourire.
– C'est très sérieux, assura-t-elle. Comment tu l'annonces ?
Il essaya d'arrêter de sourire. Ses mains s'emmêlaient alors qu'il tentait de se concentrer pour sortir deux tasses.
– Je ne sais pas, dit-il avec le ton le plus détaché dont il était capable.
– Réfléchis, ordonna Rosalie.
Il ouvrit grand les yeux.
– Je dirais peut-être : « Je vais être papa. » Ou « Je vais avoir un bébé. » Non, trop commun, se reprit-il. Quelque chose comme : « On va avoir un enfant »… Ou « On attend », oui, « On attend un enfant ». Attends, non, pas « un enfant », c'est bizarre. Alors…
– J'en étais sûre, répliqua Rosalie.

Olivier ne savait pas bien s'il devait lui tendre une tasse ou s'il devait craindre qu'elle ne la lui fasse voler à la figure.

– J'en étais sûre que tu ne saurais pas. Parce qu'on ne sait pas comment on annonce un enfant. On sait très bien annoncer un mariage, un décès, la vente d'une maison. Mais qu'un enfant advienne et l'on devient le plus maladroit du monde. Tout devrait être frappé au coin de la joie, et pourtant, on pressent que ce n'est pas si simple. Alors on se réfugie dans l'annonce pour l'autre.

– L'annonce pour l'autre ?

– Oui. « Tu vas être papa, tu vas devenir grand-mère, tu vas avoir une cousine. » « Nous avons le bonheur de vous annoncer que Bidule va être grand frère. » C'est plus simple. On décale la vérité, on l'altère. Personne ne met l'enfant comme sujet. Personne ne dit : « Une personne existe à moitié et va bientôt exister carrément. »Alors que c'est la vérité. Personne ne parle de l'indécent mystère qui se joue là-dedans.

Olivier avait, au contraire, l'impression d'une parole plutôt libérée autour de cela. Il se disait que les livres, les podcasts, les réseaux sociaux faisaient la part belle à la réalité de la maternité. Il se hasarda à boire sa propre tasse. Elle continua à parler comme pour elle-même.

– Les seules qui comprennent, ce sont les femmes. Ou plutôt non : les femmes qui ont déjà eu un enfant. Elles, elles savent. Et pourtant, elles ne disent rien.

– Comment ça, elles ne disent rien ?

Elle eut le même soupir que ceux que l'on a lorsque

l'on s'apprête à expliquer à nouveau une évidence à un mauvais élève.
– Tout à l'heure, répondit-elle, une ancienne élève m'a annoncé qu'elle était enceinte. Elle ne savait pas quoi dire. Et en vérité, moi non plus. J'aurais aimé lui dire « Bon courage », surtout. J'aurais aimé lui dire que tout allait changer. Et je ne pouvais pas. Évidemment. Personne ne dit ça. Mais un premier enfant, c'est sans doute le plus grand des bouleversements. Un enfant tout court, d'ailleurs, pas que le premier. N'importe quel enfant du monde est un fracas à venir pour celle qui l'attend. Elle ne le sait pas encore, mon élève. Tu vois cette table ?
Olivier regarda, interdit, la table de sa cuisine sur laquelle il y avait une nappe pliée, trois assiettes, deux verres, une corbeille qui contenait des pommes et deux oranges et son petit pot à confiture plein de grains de cafés éthiopiens.
– Un enfant prend sans prévenir la table de ta vie, et il la renverse. Tout est par terre, il faut tout reconstruire. Tu attends un déménagement dans une autre région, et te voilà dans un autre pays dont tu ne parles pas la langue. Tu es l'Autre de tout le reste, le barbare d'un univers. C'est le plus radical des sauts en avant. Il ne reste plus rien de ton ancienne table, de ton ancienne maison, de ton ancienne peau.
– J'imagine.
Elle le regarda et eut un frémissement des lèvres.
– Mal. Tu imagines mal. Parce que c'est un continent lointain qui ne s'explique pas. Et cette élève, cette fille

qui pensait déjà faire partie de quelque chose, qui pensait déjà être mère, qui pensait déjà être tout près de l'accouchement… l'accouchement comme sacre et point d'arrivée… alors qu'un accouchement est un coup de tonnerre et un point de départ !
Rosalie s'arrêta un instant et parut réfléchir. Olivier ignorait si elle pensait à son propre accouchement ou si elle imaginait celui à venir, celui de son élève.
– Elle était si jeune, continua-t-elle, elle était si portée par une naïveté universelle, en posant ses deux mains sur son ventre qui n'avait encore rien connu de ce séisme. Et elle croyait découvrir vraiment, elle pensait savoir, elle se projetait dans une grossesse vécue en parallèle, avec l'autre.
– L'autre ?
– Sa copine, la fille au téléphone.
– Ah, oui ! fit Olivier comme s'il comprenait tout alors qu'il n'y comprenait précisément plus rien.
– Elles se disent « Merveilleux, une grossesse entre amies », alors que ça n'existe pas, ça. Une grossesse… quel mot curieux ! C'est une aventure follement singulière. C'est même, si tu veux mon avis, l'aventure la plus singulière du monde. On pense que l'on pourra en discuter entre copines comme si on choisissait de faire les mêmes études, alors qu'on ne fait que naviguer à mille lieues les unes des autres, on ne fait qu'arpenter des réalités qui n'appartiennent qu'à nous. Et le plus incroyable…
– Le plus incroyable ?

Elle sembla fâchée de ne pas trouver les bons mots ou de ne pas les mettre parfaitement dans l'ordre, et elle poursuivit dans un souffle :
– Le plus incroyable, c'est que, dans cette distance énorme, il y a quand même une forme d'union. Je veux dire que quand deux mères se croisent, elles sont à la fois différentes et semblables ; leurs deux expériences se font écho sans jamais s'entrechoquer. C'est un peu comme si les explorateurs de deux pays distincts venaient à discuter. Ils sont étrangers l'un à l'autre, et pourtant, ils sont bien explorateurs, tous les deux, et ils sont unis par une même entreprise.
Elle eut un petit sourire triste, voulut parler encore et se ravisa. Il était devant elle, attentif et tranquille, persuadé de comprendre, de savoir ce qu'elle voulait dire.
– Tu ne comprends pas, Olivier, dit-elle alors. Je m'en veux d'avoir pensé plein de choses que j'ai préféré taire. Je crois que ce qui me vient en tête quand une jeune femme m'apprend qu'elle est enceinte, ou qu'elle va adopter un enfant d'ailleurs, c'est quelque chose comme : « La pauvre et la chanceuse tout à la fois, elle ne sait pas ce qui l'attend. » Je voudrais mettre ma main sur son épaule et dire : « Écoute : salut, bienvenue parmi nous les innombrables, tu n'es déjà plus la même mais tu ne le sais pas encore. » Et à la place, je formule deux mots de félicitation naïve, aussi candide que la femme qui est en face de moi. Je voudrais être cette mère différente de toutes les autres, qui sait avertir et soutenir, qui parle vrai. Je m'en veux de me satisfaire du mensonge.

– Il ne faut pas. Tout le monde ment. C'est pour ça que j'aime tant être seul.
Elle hochait la tête.
– Ce mensonge-là, c'est différent. C'est grave. C'est un masque sur un vertige. Il y a cent ans, on ne félicitait pas forcément pour un enfant. Aujourd'hui, il faudrait insister sur « la belle aventure ». Dire « Ah, si tu savais, ma pauvre ! » c'est le contraire du politiquement correct. C'est ce qu'aucune mère ne dit. Parce qu'il faut entretenir l'idée qu'un enfant est une chance. Une belle aventure. La belle aventure !
Elle eut un sourire qu'Olivier hésita à interpréter, puis elle se tourna vers la chambre et appela sa fille. La petite Constance ouvrit la porte et vint en chantonnant vers sa mère sans quitter des yeux la couverture de l'album qu'elle tenait encore devant elle. Rosalie lui mit la main sur l'épaule, visiblement résolue à quitter l'appartement. Elle aurait bien aimé abandonner ses pensées de mère en même temps que l'odeur du salon qui n'était pas le sien. Tout serait si simple si l'on pouvait changer de souci comme on change d'endroit.

Olivier s'approcha d'elle. Elle sentait l'agrume et le dehors.
– Pour ta mère, tu n'as pas été une chance ? Ou une belle aventure ?
– Pour ma mère, répondit Rosalie comme si la question faisait naître en elle des phrases qui la gênaient, pour ma mère… je n'ai jamais su ce que j'étais. Un accident,

à vrai dire. Une bretelle d'autoroute qu'on prend sans le faire exprès, parce qu'on se déconcentre. Une erreur qui devient une fille.
Elle se tut un moment. Elle regardait sa fille et se sentait passeuse de tout un grand entrelacs de mystère. Elle se demandait comment perpétuer le défi, de génération en génération, qui consiste à prévenir sa fille sans trop la prévenir, rester muette sur certaines couleurs tout en étant loquace sur d'autres. Elle se demanda si sa fille aurait des enfants ou pas, si elle lui souhaitait d'en avoir ou pas.

Olivier se demanda s'il avait déjà échangé si longtemps avec sa voisine et il remercia en silence cette élève enceinte qu'elle avait croisée au hasard d'une rue, et qui lui permettait de parler à cette femme qui semblait toujours anormalement insensible à son charme. Il se demanda ce qui fait que nous connaissons vraiment les autres et si nous pouvons seulement les connaître un jour. À quel moment les autres sont-ils vraiment eux-mêmes et à quel moment sommes-nous vraiment nous-mêmes avec eux ? Il eut un sourire encore, que remarqua sa voisine.
– Ne te moque pas.
– Je ne me moque pas, répondit-il en levant les deux mains à plat devant lui. C'est drôle. Tu es une fausse timide.
– Ça n'existe pas, les faux timides, répliqua Rosalie en buvant son café d'un trait.

Elle fit signe à Constance de se préparer.
– La vérité est que la plupart des gens ignorent ce que la timidité veut dire. Les vrais timides ne sont pas nécessairement des taciturnes. Ils n'aiment pas la foule, les boulangères qui demandent trop vite ce que l'on veut et les collègues qui veulent leur raconter leurs vacances. C'est tout. Et ça, ça signifie qu'il y a beaucoup de timides, sur terre. Et beaucoup de gens qui sont des eaux dormantes capables de se déchaîner les jours de grand vent.

Le téléphone de Rosalie se mit à sonner. Elle s'excusa, confuse. La sonnerie au fond de son sac de toile entraîna une petite chorégraphie qu'Olivier admira. Elle tenta tout d'abord de le trouver au fond du sac tout en restant debout, puis, devant l'échec de la première entreprise et l'urgence que répétait l'appareil, elle posa le sac sur la table et se mit à en sortir le contenu, en posant chaque objet sur le côté comme s'il lui brûlait les doigts. Il y avait là un carnet, un portefeuille, une pochette en tissu qui contenait une pharmacie d'urgence, aucun rouge à lèvres, nota son voisin, mais des morceaux de ruban, un bracelet en coton vraisemblablement offert par sa fille, des lunettes de soleil, de la petite monnaie. Une carte de visite et trois ou quatre crayons, et enfin, le fameux téléphone. Toute une vie dans deux pans de coton.
Rosalie n'eut pas besoin de parler longtemps pour adopter un visage grave.
– Attends. Calme-toi, dit-elle avec fermeté. Tu es seule, là ? Tu es chez toi ? J'arrive.

Olivier attendait debout comme un élève consciencieux.
– C'est ma mère, dit Rosalie. Justement. Une urgence. J'y vais.

Elle rassembla ses affaires avec la hâte qui sait seulement éclairer les gestes que la vie presse. Olivier n'eut pas le temps de lui proposer de garder Constance : Rosalie la prenait déjà par la main et la précipitait vers le couloir.
– Merci, dit-elle seulement.
Et la porte claqua en laissant s'engouffrer l'air de la petite cage d'escalier à ciel ouvert.

III

Trente minutes à peine, c'est le temps qu'il avait fallu pour que Rosalie gagne l'appartement de sa mère, à Fouras. Constance, à l'arrière de la voiture, racontait des histoires à voix basse en regardant les herbes danser. À six ans, les journées s'écoulent sans que l'on ne sache vraiment ce qu'une heure veut dire. Cela doit être à la fois grisant et paisible. On ne sait pas où l'on se situe précisément dans le cours de chaque jour et de chaque semaine, on peut confondre un mois et une saison. On pense encore qu'après le mois de juin, il y a « le mois de l'été ».

Rosalie se gara rapidement près de l'immeuble et se précipita à l'intérieur. À côté d'elle, Constance faisait deux pas quand elle-même n'en faisait qu'un.

La mère de Rosalie était assise à la table de sa cuisine. Son œil brilla lorsqu'elle les vit arriver. Elle pencha la tête en arrière, comme pour trouver de l'air quelque part.

Rosalie s'en voulait régulièrement de ne pas rendre davantage visite à sa mère. Elle avait la sensation d'être, toujours, une mauvaise fille.

Colette Sauvage était forte et solitaire. Elle répétait qu'elle pouvait très bien vivre seule, et même, qu'elle aimait cela. Elle avait d'ailleurs longtemps vécu dans une maison trop grande pour elle, une maison aux volets bleus qu'elle ne voulait pas quitter parce que, depuis la cuisine, elle pouvait voir la mer. Colette cuisinait beaucoup et très bien, et elle apportait toujours le plat sur la table en affirmant qu'elle l'avait raté. Elle était d'ailleurs en cuisine quand avait éclaté la tempête, deux ans plus tôt. C'était une tempête ordinaire mais sur Fouras, elle avait tout dévasté. Colette parlait de celle-ci en l'appelant « ma tempête », comme on dit « ma piémontaise » ou « ma tarte aux pommes ». Le vent hurlait, elle avait essayé d'aller tenir la porte d'entrée fermée et elle était tombée. Elle n'avait repris connaissance que le lendemain matin. La tempête, finalement, avait épargné la porte d'entrée ; elle avait mis à terre une grille et renversé un vieux platane, et elle avait surtout tué la possibilité pour Colette de rester seule plus longtemps dans sa maison aux volets bleus.
Elle s'était installée dans un petit appartement, un peu plus loin de la plage. Au deuxième étage avec ascenseur. Elle prenait toujours les escaliers, même avec ses sacs de courses. Ce n'était pas un caprice, c'était un défi.

Elle menait une vie tranquille. Elle aimait les émissions de radio sur le jardinage alors qu'elle ne jardinait jamais, et les films d'amour alors qu'elle ne se sentait amoureuse de personne.

Parce qu'elle voulait éviter de regarder la télévision le soir, elle sortait souvent se promener, et revenait parfois en milieu de nuit. Elle avait l'impression de braver un interdit alors que personne ne lui interdisait plus rien. Elle se couchait sans bruit, comme une adolescente évitant d'être prise sur le vif. Aucun parent n'aurait pu lui reprocher d'avoir dépassé la permission de sortie, alors elle imaginait qu'un voisin le faisait à leur place. En cherchant le sommeil, elle passait fréquemment en revue les habitants de l'immeuble pour imaginer les remontrances que formuleraient les uns et les autres, ce qui la faisait sourire. Certains insomniaques réfléchissent à ce qu'ils pourraient faire s'ils gagnaient au loto : Colette Sauvage imaginait ce qu'elle répondrait si un voisin frappait à sa porte pour lui reprocher d'avoir dépassé l'autorisation de sortie.
Elle ne racontait pas ces divagations à sa fille. À vrai dire, elle ne lui racontait pas grand-chose. Elle lui parlait tout de même de son sommeil fractionné, son sommeil tout cassé. Rosalie ne s'en étonnait pas. D'une part parce qu'elle dormait peu elle-même. D'autre part, elle avait toujours été persuadée que le sommeil s'amenuisait avec les années. Comme si le corps, en vieillissant, maintenait le plus possible un état d'éveil avant le sommeil définitif, pour doucement le repousser. Une sorte de cure de vie avant l'extinction de la lumière.

Colette se leva pour embrasser sa fille.
– Tu es là, dit-elle. La petite, aussi ?

Rosalie se demanda qui était la petite de qui.
– J'ai fait au plus vite...
– J'ai eu tort.
Elle avait parlé en haussant les épaules, comme pour parler d'une erreur que l'on vient de faire dans un calcul. Elle retourna à sa chaise et s'assit en s'y laissant tomber.
– Tu as eu tort ? De quoi ?
Sa mère eut un silence. Rosalie eut l'impression qu'elle pensait avoir eu tort de beaucoup de choses. Colette répondit en dodelinant :
– Il ne fallait pas.
– Il ne fallait pas quoi ?
– Venir ! Il ne fallait pas.
Rosalie eut un soupir. Sa mère était d'humeur changeante et il était fréquent qu'elle l'affole pour se raviser quelques heures plus tard. Rosalie se demandait même si elle n'agissait pas ainsi simplement pour voir si sa fille était toujours prête à bondir pour elle. Tel est le lot des mères, pensa Rosalie : elles sont les seules à pouvoir tout laisser en plan pour le cri d'un enfant, alors, en vieillissant, elles espèrent secrètement, inconsciemment peut-être, que leur enfant sera prêt à tout laisser pour elles.
Mais l'appel qu'elle venait d'avoir était véritablement inquiétant. Sa voix paraissait changée, tordue par la peur ou par une angoisse dont elle n'avait pas voulu parler au téléphone. Elle semblait en proie à une agitation hors du commun qui l'avait empêchée de faire des phrases.

Rosalie prit une chaise pour se mettre face à elle et Constance vint sur ses genoux. Au bout de la table traînaient un verre vide et un sachet de barquettes à la fraise. Rosalie pensa qu'il aurait pu s'agir des restes d'un goûter d'enfant. Si la vie fait une boucle, à quel moment la courbe s'inverse-t-elle ? À quel moment cesse-t-on d'être un adulte pour retomber dans un état de seconde enfance ? Devient-on un vieillard très éloigné de l'enfant que nous avons été ou conservons-nous quelque part, enfoui, le trésor d'un être inabouti qui refait surface dans nos dernières années ?

Elle commença tranquillement à parler à sa mère. Elle pensait que c'était ce que celle-ci attendait. Une conversation simple, presque à sens unique. Elle évoqua quelques élèves, elle parla des travaux de la gare qui n'avançaient pas assez vite. Elle parla de Constance, qui savait écrire tous les prénoms de la famille, qui aimait les histoires de souris, les crayons rouges et l'odeur des petits pains au lait qu'elle ouvrait en deux pour les faire griller.

– C'est Odile, finit par dire sa mère.

Rosalie crut d'abord que sa mère confondait Constance avec Odile, une de ses amies. Elle ne savait pas bien, d'ailleurs, s'il fallait parler d'amie ou de voisine, de collègue, de coéquipière dans sa traversée de l'océan.

– Non, dit-elle d'abord, c'est Constance, regarde.

– Je sais bien, dit résolument sa mère. Je dis que c'est Odile, le problème.

– Quel problème ?
– Elle est morte.
Sa mère hocha brusquement la tête comme pour nier sa propre phrase et se leva en s'appuyant sur le bord de la fenêtre. Elle ressemblait aux capitaines de ces bateaux qui dérivent de longs mois et qui, sans boire ni manger, tentent encore de gagner le gouvernail.
– Elle est morte. Moi je ne m'y attendais pas, ajouta-t-elle comme s'il y avait là deux informations distinctes et sans lien.
– On ne s'attend pas à ces choses-là, dit Rosalie, en se levant.
Colette se tourna vers elle, et Rosalie n'osa pas s'approcher.
– Un mois, ajouta sa mère. Même pas, d'ailleurs. Même pas un mois. Elle apprend qu'elle est malade le vingt-huit, et voilà, tout à l'heure, son fils m'appelle, c'est fini. L'enterrement est mardi. Mardi, mardi, il me dit ça comme ça, « L'enterrement est mardi », je disais « Mais de qui ? », il disait « Ben, Odile », et moi je ne trouvais rien à répondre. Je crois que j'ai juste répondu : « D'accord. » Que voulais-tu que je dise, à part « D'accord » ?
– D'accord, c'était bien, conclut Rosalie.
Sa mère renifla alors qu'elle ne pleurait pas et elle la regarda doucement.
– Elle avait mon âge, ajouta Colette.
– Ça ne veut rien dire.
– Qu'est-ce qui ne veut rien dire ?
Rosalie se mordit la lèvre en admettant silencieusement tout ce que cela pouvait vouloir dire.

– Elle avait mon âge, dit à nouveau sa mère. Si ça se trouve, demain, on me dira que je suis malade. Et comme ça, le temps d'une vague, ce sera fini. Alors, toi… Tu appelleras mes amies. Et tu leur diras que l'enterrement, c'est mardi. Et là, elles diront : « D'accord. » Et tu te diras : mais comment ça, « D'accord » ? J'appelle pour dire que ma mère est morte et on me dit « D'accord » ? « D'accord », franchement, c'est tout ce qu'on trouve à me dire ? Et en fait : oui. C'est tout ce qu'on aura trouvé à te dire. Il faudra pardonner ça, tu m'entends ? Il faudra pardonner, parce qu'on ne sait jamais quoi répondre.

Rosalie, qui allait dire « D'accord », se ravisa.

Elle s'avança pour prendre sa mère dans ses bras. Colette lui sembla toute petite, comme alourdie par ce qu'elle avait dit ou peut-être davantage par ce qu'elle n'avait pas dit, Rosalie n'en savait rien.

Colette haussa les épaules en silence, trop loin dans le chagrin pour en retranscrire la trajectoire. Puis elle eut un mouvement un peu plus vif, elle prit son inspiration, et Rosalie attendit quelques secondes. Elle pensait que sa mère allait lui dire qu'elle avait peur, ou qu'elle craignait d'être la prochaine, ou qu'elle souffrait de se retrouver seule. Elle se demanda ce qu'elle aurait dit, elle. Elle se demanda également si les amies qui meurent au terme de quelque chose étaient moins regrettées que celles qui meurent dans la fleur de l'âge. Quelle drôle d'expression. Quand fane-t-elle, la fleur de l'âge ?

Sa mère bredouilla quelque chose, elle eut un petit bruit d'animal, comme un de ces oisillons tombés du nid et échevelés qui remuent la tête, désespérés, puis elle se tut. Elle tournait le visage vers le mouvement des branches des arbres au-dehors, et ce qu'elle avait à dire brusquement s'était enfui quelque part, là-bas, dans le vent léger de ce matin d'avril. Rosalie avait l'impression d'un rendez-vous manqué. Elle toucha les cheveux de sa mère, bien rangés à l'aide de pinces à grandes dents, et ce fut Constance qui vint la distraire en tirant sur sa veste. La petite fille voulait que sa mère remonte une des manches de son pull trop grand, qui s'était déroulée et qui, visiblement, la gênait beaucoup. Elle la regardait avec un air d'urgence en lui tendant le bras. Les enfants sont maîtres en l'art de l'immédiateté.
Rosalie délaissa sa mère pour remonter la manche de sa fille et elle ne put s'empêcher de se sentir à la croisée de quelque chose. Dépositaire d'un entre-deux, médiatrice de ces deux âges. Colette s'approcha alors d'un pas calme et assuré. Rosalie s'écarta. Sa mère se pencha vers l'enfant et, dans un mouvement très doux, elle la prit par les épaules pour la serrer contre elle.
Rosalie pensa qu'il s'agissait peut-être là du seul besoin qu'avait exprimé le coup de fil du matin. Elle n'avait pas voulu que sa fille puisse tout abandonner séance tenante pour venir la voir : elle avait voulu le contact avec sa petite-fille, l'étreinte avec la liberté et le vent salé. Les petits ont ce mystère autour d'eux qui fait que chaque contact est un poème. Quand on serre un enfant contre

soi, on respire de la naïveté en pyjama, de la tendresse à la chair rose. Et il y a quelque chose d'encore plus étrange dans l'étreinte avec ses propres enfants ou ses petits-enfants. Ils ne sont jamais trop lourds, ils ne sentent jamais vraiment mauvais, ils ne sont jamais vraiment repoussants. Aux autres ils paraissent sales, enrhumés, collants. Mais chaque mère ne sent lorsqu'elle étreint ses enfants qu'une sorte de douceur implacable, quelque chose de divin et d'insensé, une perfection charnelle contre laquelle on ne peut pas lutter.

Rosalie attendit quelques minutes avant de se lever pour rentrer. Elle ne voyait pas quoi dire de plus. D'ailleurs, sa mère elle-même affirmait qu'il était tard et qu'elle avait des choses à faire.

Elle accompagna sa fille sur le pas de la porte, et Constance, qui insistait pour toujours prendre l'ascenseur, courut jusqu'au bouton pour le faire venir. Quand Rosalie s'approcha de sa mère pour la saluer, elle ferma les yeux quelques secondes pour prendre une bouffée de parfum fleuri, d'enfance et de barquettes aux fraises.
– Ce soir, lui murmura alors sa mère avec un petit sursaut. Il faut que ce soit ce soir.
Elle la prit par le bras et jeta ses yeux dans les siens.
– Ce soir quoi ? Il faut que ce soit quoi, ce soir ?
L'ascenseur arriva, la porte s'ouvrit ; Rosalie eut le temps de tourner la tête pour voir Constance y entrer, puis elle regarda à nouveau sa mère.

– Tu viens ce soir, reprit cette dernière en hochant la tête. Tu reviens. Et je te dirai. Sans Constance, tu viens seule. Il faut… Je te dirai, je te dirai. Je t'attends ce soir. Puis, comme brusquement dépossédée de ce ton d'urgence, elle fit un signe souriant avant de fermer sa porte.

Sur la route du retour, Constance somnola. Il fallut la réveiller en arrivant aux Minimes, et elle sortit de la voiture en plissant les yeux et en grommelant. Lorsqu'elles montèrent les escaliers, elles croisèrent de nouveau Olivier, qui avait choisi ce moment pour sortir. Il était particulièrement doué pour accorder ses sorties sur les allées et venues de Rosalie, qui en faisait peu de cas. Il sourit aux deux femmes.
– Ah, te voilà ! Tout va bien ?
– Tout va bien.
Rosalie fit un petit signe de tête en arrivant à sa hauteur et entreprenait déjà de prendre l'escalier qui montait à l'étage supérieur. La voix de son voisin l'arrêta.
– Ta mère ? Ta mère va bien ?
Il prenait un air exagérément affecté.
– Elle va bien. Elle est en sécurité.
– C'est bien, dit-il, visiblement soulagé. Elle est… Où est-elle ?
– En sécurité.
Il eut un petit rire, pendant qu'elle restait impassible.
– Tu veux entrer ? Manger quelque chose ? Tu veux marcher un peu ?

– Olivier, répondit-elle, non. J'ai mille choses à faire. Constance aussi.
La petite fille leva un regard interrogateur vers sa mère, mais n'eut pas le temps de prendre la parole.
– Si, reprit Rosalie, vraiment. Mais c'est gentil.
– Ah ! Ça…
– … ça ? répéta Rosalie en fronçant les sourcils.
– Je veux dire que quand une fille me dit « C'cst gentil », ce n'est jamais bon signe.
Elle le regarda d'un air surpris, puis elle conclut calmement :
– Si les gentils arrêtaient d'avoir peur qu'on leur dise qu'ils le sont, le monde se porterait beaucoup mieux.
Il voulut répliquer, mais elle était déjà partie. Elle montait les marches avec souplesse et sans se retourner, et ce fut Constance qui jeta un œil en arrière pour faire un petit signe de la main.

⁂

– Je me souviens de tes caresses sur mes joues.
La nuit n'était pas tout à fait tombée. Dans le clair-obscur des soirs de printemps où le soleil semble chaque jour réticent à fuir, Colette était assise dans son canapé. Elle n'avait allumé aucune lampe du salon, pour goûter à la torpeur qui étreint quand on est au cœur de la nuit qui tombe. Rosalie s'était assise à côté d'elle. Elle avait gardé sa veste. Il avait fallu déposer Constance chez Gaëlle, sa collègue. Olivier avait déjà fait sa part. Gaëlle était fiable, Constance était habituée aux repas qu'elles prenaient dans

des plateaux de toutes les couleurs, souvent en écoutant des chansons des années trente. Gaëlle disait que lorsque c'était très vieux, ce n'était plus vraiment démodé.
Rosalie avait roulé en silence jusqu'à Fouras. Quand il n'y avait qu'elle dans la voiture, elle ne mettait pas de musique. Elle respirait d'entendre le bruit du moteur après chaque changement de vitesse, le vrombissement des motos qui la dépassaient et, si elle ouvrait les fenêtres, le chant des mouettes. Elle avait toujours trouvé ce chant un peu rêche, d'une beauté ambiguë et agressive. Il y a dans le cri des mouettes un charme menteur qui est en décalage avec la réputation apaisante qu'on lui attribue, un triomphe de l'âpreté, de la stridence. Leur accumulation, ribambelle en à-coups aigres et perçants, est liée au grand large, mais tout excède dans l'aigu. C'est à la fois la douceur de la mer et la lame criarde.
Rosalie soupira. Il faisait chaud dans cet appartement, mais la fenêtre ouverte laissait entrer l'air des vents du soir.

– Je me souviens de tes caresses sur mes joues, répéta Colette.
Rosalie la regarda. Avec beaucoup de douceur, sa mère posa la main sur sa joue et la fit glisser jusque dans le vide, sans refermer les doigts.
– Quand tu étais petite, tu me caressais la joue, avec une main minuscule et sans rides, une main poisseuse, une main d'enfant. C'était bien. J'aimais bien.
Il y eut un silence.

– Tu as remarqué, demanda-t-elle comme si elle posait une question capitale, tu as remarqué, quand on caresse sa propre joue… On ne sait plus où est la vraie caresse. On ne sait pas ce qui est le plus agréable. La joue qui sent la main ou la main qui sent la joue.
Rosalie eut un sourire. Elle se leva et appuya son dos sur le bord de la fenêtre.
– Constance ne me caresse pas vraiment les joues, dit-elle en haussant les épaules. Elle se serre contre moi, elle se prélasse contre mon épaule. Elle pose sa chaleur quelque part au-dessus de moi, puis au-dedans. Parfois elle passe toute la sieste comme ça ou même toute la nuit. Quand elle se lève, j'ai un rond de chaleur et d'humidité, ici. Une couronne de poids d'enfant sur le cœur. Ça donne froid quelques secondes.
– C'est normal. Quand les enfants grandissent, ça donne souvent froid quelques secondes.
Rosalie la regarda et fit quelques pas.
– Tu veux que je mette de la musique ? J'ai mon téléphone, on peut écouter un truc, une chanson que tu aimes…
– Non.
– Tu veux un verre ? Une couverture ?
– Je ne veux rien.
– Même pas du piano ? Tu veux m'écouter jouer ? J'ai des enregistrements, au moins un, c'était pour un accompagnement, attends, c'est un Schubert…
– D'ordinaire, je t'aurais dit oui. Tu sais. Mais ce soir, non.

Colette eut une longue respiration. Puis, fermant les yeux, elle se recroquevilla sur elle-même, elle se contracta, comme un ressort de stylo que l'on serre entre deux doigts avant de le lâcher pour qu'il vole. Elle resta ainsi quelques secondes. Avant que sa fille ne se demande si elle avait un problème, elle se déplia, étira son dos, regarda au plafond et fixa à nouveau le ciel, derrière la fenêtre.

– Je vais te dire qui c'est, fit-elle dans un souffle comme pour elle-même. Il faut que je te dise qui c'est.

Rosalie n'osa pas bouger sa main. Elle craignait qu'un geste ne casse ce qui allait se jouer, quelque part au crépuscule.

– Il avait les yeux verts.

Sa mère sembla chercher ses mots, puis elle la regarda sans ciller.

– Ton père. Il avait les yeux verts. C'est de ça qu'il faut que je parle. De ses yeux verts, de lui. De son nom. C'est le moment. Parce que, maintenant, tout ce qu'il y a dans mon avenir, c'est une suite de silences et de nuits qui tombent. Les gens meurent autour, ici, là. C'est ce qu'on y fait.

D'un geste flou, elle montrait la gauche et la droite.

– Sur terre je veux dire. C'est ce qu'on y fait. On disparaît. Moi je peux disparaître. Je croyais que ce serait dans plus longtemps. Et en fait, je ne sais pas. On ne sait pas. Ce sera peut-être demain. Alors il faut que je te dise ce soir. Il faut que je te raconte.

Rosalie essayait de s'interroger sur la conduite à adopter. Sa mère avait toujours été très évasive lorsqu'elle lui parlait de son père. Elle avait raconté une histoire de rencontre rapide, d'homme dont elle ignorait le nom, ce à quoi Rosalie ne croyait pas. Cependant, toute sa vie, lorsque Rosalie l'avait questionnée, sa mère s'était appliquée à refuser de manière farouche et définitive tout passage aux aveux. Un tel secret ne se forçait pas. Rosalie laissait faire. Et elle avait toujours secrètement espéré que sa mère dirait quelque chose. Elle avait même imaginé qu'elle lui laisserait une lettre avant sa mort, quelque chose de grandiose, de cinématographique, qui aurait fait exister par le papier le fil d'une transmission, la réalité mise en mots d'une mystérieuse hérédité. Puisqu'il semblait que sa mère se décidait à parler, elle allait l'apprendre ce soir-là, en face-à-face et de vive voix. Elle ne savait pas bien s'il fallait qu'elle se montre particulièrement reconnaissante, ou émue, ou neutre, même. Quel visage faut-il avoir quand on apprend qui est son père ? Que faut-il dire ? Elle aurait pu se lever, crier quelque chose, elle en voulait à sa mère avant même qu'elle ne parle, elle ne comprenait pas pourquoi cet aveu venait si tard. Elle n'en eut pas le temps : sa mère rompit le silence.

Elle parla d'une voix décidée, sans pause, comme pressée de tout expliquer. Elle fut soudain bavarde, libérée du trop-plein de ces mots que l'on retient pendant des années. Elle regardait le sol, clignait peu des yeux et faisait jouer entre ses doigts le dernier bouton de son gilet.

IV

Tout commençait avec Louise. Louise était la petite sœur, la petite blonde, de sept ans de moins que Colette. Louise était une enfant non désirée, ses parents ne s'en cachaient pas. Elle avait grandi choyée. Leur mère aurait tout fait pour elle. On ne sut jamais si elle agissait ainsi pour réparer une forme de regret d'enfant qui la faisait culpabiliser ou parce qu'elle-même avait la joie de remonter le temps grâce à ce bébé tombé du ciel. Par Louise, leur mère revivait un scénario qui remontait à un passé de jeune maman qu'elle pensait révolu. Louise avait toujours des petits pains aux raisins qui l'attendaient sur la table de la cuisine le mercredi, emballés dans un papier blanc noué aux deux extrémités. Elle pouvait porter des bottines à talons qu'elle achetait dans une drôle de boutique derrière Graslin avec son argent de poche de petite dernière. Et elle avait toujours le droit de mettre dans ses cheveux une pince ou un ruban bleu qui venait d'une boîte en bois très jolie que Colette, au même âge, avait l'interdiction d'ouvrir.
La famille habitait un appartement dans la banlieue de Nantes et leur père devait partir dès six heures chaque

matin pour rejoindre la chaudronnerie d'Airbus. Leur mère cessa de travailler à la naissance de Louise. Petite, celle-ci passait des heures à faire la classe à ses poupées. Colette dormait dans la même chambre qu'elle. Un jour, elle avait pris les poupées pour les jeter par la fenêtre, en expliquant qu'il n'y avait pas assez de place ici pour une classe de CE1 en plastique. Elle racontait toujours ce souvenir en souriant. Et elle concluait toujours par : « Je te l'avais déjà raconté ? »
Colette avait tenté à deux reprises de passer le bac, deux fois sans succès. Ses parents avaient insisté pour qu'elle reste à Nantes, pour qu'aucun besoin de logement supplémentaire ne vienne alourdir le budget familial. Elle avait donc choisi l'efficace. CAP couture. La garantie de l'emploi n'importe où. Ça avait rassuré tout le monde. Elle avait pratiqué le piano depuis toute petite, mais elle n'avait jamais eu un niveau excellent. Le déchiffrage était son point fort, mais elle aurait dû, pour progresser, passer des heures sur des pianos qui n'étaient pas les siens, parce qu'il n'y en avait pas dans leur appartement. Louise, vers six ans, avait voulu prendre des cours de piano elle aussi. Colette s'était mise en colère. Leur mère avait tranché, en faveur du piano ou en faveur de Louise, les deux à la fois. Leur enfance souffrit donc la comparaison dans tous les domaines, jusqu'à ce domaine si mystérieux qu'est la musique.
Le problème, c'est que Louise eut la mauvaise idée d'être brillante au piano. Les années s'enchaînaient sans heurt pour elle, d'auditions en examens, elle récoltait

les félicitations du jury chaque année, sans même montrer un acharnement particulier pour les obtenir. D'une manière déconcertante, elle parvenait très vite à cerner un morceau, à le mémoriser, à lui donner vie. Les difficultés techniques étaient dépassées sans problème avec elle. En quelques répétitions, elle avait la pièce dans les doigts. Colette avait lutté. Au début, elle était entrée dans le jeu de la compétition, elle avait redoublé d'efforts ; elle avait travaillé tous les soirs, accumulé les exercices techniques, écouté chez elle les morceaux sur lesquels elle travaillait. Elle espérait ainsi qu'elle les mémoriserait davantage. Sa vie était colorée de morceaux précis qui l'occupaient pleinement et qui ne changeaient que tous les six mois.

Pendant ses années de lycée, chaque semestre était habité d'une même pièce de musique qui roulait à l'intérieur de son tambour, qui parfumait son temps libre, qui envahissait son esprit pendant son trajet entre l'arrêt de bus et l'appartement. Rien à faire. Louise, sans fournir le quart de ces efforts, devenait le prodige des couloirs. Colette finit par arrêter les cours. Volontairement, elle ne fut plus « Colette », là-bas, mais « la sœur de Louise ». Elle venait encore la chercher à ses cours les mardis et jeudis soir. Leurs parents voulaient éviter qu'elle rentre seule. Colette refusa, au départ, de faire ces détours et de passer ces heures à récupérer sa sœur pour la raccompagner à la maison. Elle accusa ses parents de l'alourdir d'un fardeau, de lui demander de faire ce qui n'aurait pas dû être de son ressort. Sa mère se tourna vers son père, qui

répéta son ordre. Il n'y avait pas grand-chose à répondre. Il fallait bien.
Deux fois par semaine, elle attendait donc dans le hall au carrelage noir et blanc. Parfois, elle s'avançait jusqu'à la porte de la salle du cours de Louise, ce qui lui permettait d'entendre sa sœur jouer et d'avoir, par procuration, l'impression d'être une musicienne. Puis la porte s'ouvrait, sa sœur apparaissait, et Colette redevenait aux yeux de tous la mauvaise pianiste.

Un soir de septembre, dans le hall du conservatoire de l'île Beaulieu, et alors que la nuit tombait au-dehors, son regard fut attiré par une annonce, punaisée sur un tableau de liège. Une troupe de théâtre, qui était en résidence à Nantes pour un mois, cherchait une tourneuse de pages. *Comme la mort*, c'était le titre de la pièce. Tu parles d'un titre. L'annonce précisait qu'il fallait être disponible dans la journée pour les répétitions. Colette n'eut pas à réfléchir longtemps. Elle se débrouilla pour se libérer. L'année scolaire ne commençait qu'à la fin du mois. Elle ne savait pas exactement pourquoi il avait fallu, de manière si urgente, arracher le numéro de téléphone de l'annonce et le composer depuis une cabine, le lendemain matin.
Elle avait déjà été tourneuse de pages, lors de concerts organisés par le conservatoire, et il lui était arrivé de faire des répétitions à l'opéra. C'était un emploi méconnu et injustement méprisé, qui demandait beaucoup d'attention et de discrétion. Il y a quelque chose

de savoureux dans le fait d'occuper un poste plus complexe que n'importe quel spectateur ne l'imagine. La tourneuse de pages au fond de la scène, personne ne l'applaudit, personne ne se demande qui elle est, pourquoi elle a accepté de faire cette tâche exigeante, personne ne se demande si elle a un salaire pour ce qu'elle fait, ou si, simplement, elle se trouvait là.
Colette s'estima heureuse : on lui promit cent francs. Deux semaines de travail, deux semaines à compter les mesures, à se lever, saisir le coin du papier, tourner, se rasseoir, puis, se lever, saisir le coin du papier, tourner, se rasseoir. Elle aimait cela, cette idée de labeur en boucle et dans l'ombre. Boulot d'un Sisyphe qui aurait su lire la clé de *fa*.

C'est là qu'elle rencontra François Comino. Il avait trente ans, peut-être un peu moins. Il était à la fois l'auteur et le metteur en scène de la pièce. Il avait l'énergie de ceux qui vivent pour créer, ceux qui veulent transmettre quelque chose, ceux qui se comportent comme s'il y avait une forme d'urgence dans l'invention. Il fascinait, il embarquait. Colette n'avait jamais croisé d'homme aussi épris des mots et de l'art.
Un soir, la troupe resta travailler plus tard que d'ordinaire. François ne comptait pas ses heures, il répétait qu'ils étaient en retard, il était exigeant envers chacun, il frappait deux fois dans ses mains en lançant « On reprend ! » sans regarder sa montre. L'un des comédiens finit par demander grâce. Éberlué, François constata

l'heure tardive. Il se pinça le nez comme si cela lui avait permis de mieux réfléchir. Il demanda de refaire une dernière fois la fin du dernier acte, pour voir encore, modifier une ligne du texte, puis il libéra la cantonade. Il rangea ses affaires pendant que Colette remettait les photocopies des partitions dans l'ordre. La pianiste les salua, sortit avec la fin de la troupe, et tout devint calme. Ils n'étaient plus que deux dans le petit théâtre.
De ce soir-là, Colette se souvenait parfaitement. Au bout de la route, quand son pauvre cerveau n'aurait plus aucun décor, aucun prénom, aucune année, il y aurait toujours le vestige de cet instant. La pénombre de ces coulisses, toute habitée de silence, le sentiment d'infraction et ce moment où il n'y a que la peau qui compte. Il lui resterait le parfum des épaules de cet homme, souvenir en ruine dans son désert, comme il reste dans certains petits villages grecs les pierres d'un temple envahies par les herbes folles, traces d'un passé glorieux que le temps s'est chargé d'envelopper d'oubli.

Elle rentra tard chez elle cette nuit-là. Louise ne dormait pas. Elle se leva dans la pénombre.
– C'est qui ?
– Personne.
– Arrête.
– Personne, répéta Colette. Personne.
– Si tu me dis pas, je raconte tout.
Colette soupira. Puis, dans un soupir et sans se pencher vers le lit inférieur, elle murmura :

– Si je te le dis, tu jures de te taire. Vas-y. Promets.
– Je promets.
Trois fois encore, Colette le lui fit répéter.
– François Comino, fit-elle, simplement, comme si le nom à lui seul était un roman.
Le nom résonna dans la nuit, il fut suffisant pour que l'ensemble de ses syllabes montent en l'air, fasse exister dans le vide de la pièce le fantôme d'une révélation, puis il s'évanouit comme un rond de poussières.

La semaine suivante, la troupe retournait à Paris.

François ne promit pas d'écrire, ni de la revoir : contrairement à Louise, il n'était pas de ceux qui promettent. Il savait qu'en matière d'amour, les promesses que l'on ne tient pas détruisent davantage que celles que l'on tait. Il ne l'embrassa même pas pour lui dire au revoir, parce que la troupe était autour d'eux. Il se contenta de serrer sa main, longuement. Ce n'est qu'à l'automne que Colette découvrit, pour l'enfant. Elle renonça à le contacter, par peur, par fierté. Elle craignait sa réaction, elle craignait toute décision qu'il viendrait à prendre et qui déterminerait le reste de leur vie, à tous les deux. Et puis elle n'avait même pas son numéro de téléphone.
Elle n'était pas élevée par ces familles où l'on avorte. En matière d'interruption de grossesse, on parlait si peu. Colette devait bien l'avouer : elle écarta cette hypothèse trop vite peut-être, parce qu'elle était persuadée qu'elle n'avait pas vraiment le choix et que, quoi qu'il arrive,

elle était désormais mère et qu'elle devrait s'occuper de l'enfant. Elle avait vingt ans, elle était à peine diplômée, mais suffisamment pour travailler. Elle arrêta ses études dès l'automne. Ses parents ne posèrent aucune question. Elle sentit bien que le chagrin et la désapprobation les rendaient encore plus muets qu'auparavant. Elle eut le projet de s'installer dans un petit appartement avant la naissance, pour éviter à sa mère d'avoir à supporter le quotidien hurlant de sa fille et du bébé. Elle voulait lui épargner cela, le rappel constant qu'elle avait fauté quelque part, qu'elle n'était pas dans la norme, pas dans le bon sens de l'histoire que sa mère s'était racontée pour elle. Elle n'en eut pas le temps : sa grossesse lui imposa de garder le lit. Rosalie arriva au petit matin d'un de ces jours d'été, rivalisant avec le soleil qui décide, à la fin du mois de juin, d'arriver presque avant lui-même. Sur la table de nuit de la maternité, il y avait un bouquet de blé que sa mère avait ficelé avec un de ses rubans bleus.

Colette se rendit compte rapidement que le fait d'habiter seule avec son bébé aurait été d'une difficulté insurmontable. Il faut avoir un nouveau-né dans les bras pour réellement comprendre que la solitude n'est pas une option. Il en va de la vie de l'enfant et de la vie de la mère : il faut un Autre. L'Autre de Colette fut sa mère, qui, pinçant les lèvres et sans rien dire, sans formuler de reproches ou de félicitations, berça Rosalie, porta Rosalie, changea Rosalie. Cela ne fit qu'augmenter la colère de Louise, qui abandonna son statut de petite dernière et qui montra une rancune terrible à sa sœur pour l'aveu, l'aveu du nom, l'aveu du père, l'aveu qui ne venait pas. Il fallut attendre le deuxième anniversaire de Rosalie pour que Colette déménage. Elle trouva un petit meublé près de la gare, qu'elle ne garda que quelques mois, avant de s'installer dans la maison aux volets bleus avec l'homme qui devint son mari.

Toute sa vie, Colette garda l'histoire de sa fille comme un secret, une folie de jeunesse que l'on cache et que l'on chérit. Elle culpabilisait bien un peu de ne jamais lui dire le nom de son père, mais elle se consolait avec l'idée qu'il y avait un autre homme qui l'élevait avec un amour suffisamment flagrant pour la rassurer. Rosalie ne l'avait jamais vraiment considéré comme son père, mais elle l'aimait bien. Lui non plus ne la considérait pas vraiment comme sa fille. Tout le monde s'en accommodait.
Il restait surtout à Colette le souvenir de ce soir dans le théâtre aux ampoules à nu, ce moment où elle avait eu l'impression d'une transgression déraisonnable et inavouée. Les mains de François Comino qui ne tremblaient pas, et son nom. Ce nom qu'il lui arriva de trouver dans les journaux par hasard, des années plus tard. Il était toujours Parisien, toujours metteur en scène, il avait du succès, il était célèbre, célèbre dans son milieu, c'est-à-dire que personne ne le reconnaissait dans la rue, mais que les journalistes de France Culture avaient tous un avis sur lui. Plusieurs fois, elle avait imaginé le contacter. Il était suffisamment présent dans la presse, elle obtiendrait peut-être

son numéro de téléphone en quelques coups de fil ou une adresse pour lui écrire. Elle s'amusait à imaginer qu'elle l'appellerait. Juste pour savoir où il vivait, ce qu'il devenait. S'il avait des enfants. Ou peut-être, juste pour entendre sa voix. Elle se sentait alors un peu ridicule, petite tourneuse de pages d'un autre temps qui appelait l'homme du monde. Tout cela était possible, mais la plaçait dans une situation désespérément inférieure. Tristement inégale. Il faut croire qu'à l'inverse, on voit rarement des hommes tourneurs de pages qui téléphonent à des femmes du monde.
D'ailleurs, lui aurait-elle seulement dit qu'elle élevait sa fille ? On ne dit pas ces choses-là par téléphone. Alors, elle avait imaginé aller le voir, le trouver à la fin d'une pièce. Elle l'aurait reconnu, probablement. Elle avait même imaginé errer près des théâtres où il faisait jouer ses troupes, comptant sur une rencontre fortuite. Puis elle avait renoncé. À quoi bon, finissait-elle par se dire. Le temps qui passe ne se rattrape pas. Qu'aurait-elle dit, qu'aurait-elle attendu ?
Elle préféra l'oubli.
Elle choisit d'effacer cet homme du cours de sa vie, elle en prit la décision. Elle ne croisa plus son nom que par hasard, sans le vouloir. Parfois, un journal, une émission, une affiche venait jeter un peu de passé dans son esprit. Il n'était pas mort, vraisemblablement, puisqu'elle avait lu encore récemment un article sur un classique qu'il montait avec une troupe à Paris, une pièce célèbre dont elle ne savait plus le nom. *Don Quichotte* ou *Dom Juan* ?

Elle n'en savait rien, elle ne lisait jamais de théâtre. Elle ne lisait jamais tout court. À chaque rare confrontation avec un de ses projets dans un titre sur du papier, elle avait l'impression que le nom de François Comino se frayait un chemin parmi le tissu du monde pour faire revivre une seconde la soirée des coulisses endormies. Son cœur battait un peu plus vite. Puis elle revenait à son présent. À ce que sa vie était devenue sans lui, et qui pourtant ne ressemblait en rien à la vie qu'elle aurait eue si elle ne l'avait jamais connu. Peu à peu, il lui fallut de moins en moins de temps pour le chasser de ses pensées et reprendre le cours de son quotidien.

Colette avait raconté tout cela avec lenteur et méthode. Elle semblait avoir fini. Elle ne pleurait pas, elle ne montrait ni colère, ni soulagement. Rosalie se leva et se mit face à la fenêtre : il faisait nuit. Elle pensa à ce nom, cet homme, ce père qui n'était pas complètement un père. Paris. Elle allait rarement à Paris, surtout depuis la naissance de Constance, et elle se demanda si elle devait y retourner. Elle pensa même prendre la route le soir même. Que se passe-t-il lorsque l'on découvre tardivement les terres paternelles ? Est-ce qu'on découvre un endroit qui nous est familier ? Est-ce qu'on marche dans un endroit apprivoisé et rassurant, est-ce qu'on peut dire « Oui, je me sens chez moi », grâce à quelque naturelle malice ? Ou au contraire, est-ce qu'on découvre un ensemble de rues inconnues, un pays autre, étranger, qui nous laisse distante et froide ?

Elle demanda alors à sa mère, du bout des lèvres :
– Tu ne me demandes pas ce que je vais faire ?
– Non. Parce que ce n'est plus mon affaire. C'est la tienne.
– C'est mon affaire ?
Rosalie eut un soupir en forme de rire qui ne fit aucun bruit, puis elle ajouta :
– Je crois que c'est le contraire de mon affaire. Tu crois que tu me donnes quoi ? Ce que j'attendais ?
– Je ne te donne rien, reprit Colette comme saisie d'une évidence qu'il fallait dire avant de l'oublier. Je laisse aller. Avant le vertige, avant d'être au bout.
– Es-tu seulement sûre de ce nom ? Tu oublies l'âge de Constance. Tu fais parfois défiler trois prénoms avant de trouver le mien. Qui sait ? *François Comino*, c'est un nom à la fois assez drôle et assez commun ! Qui me dit que ce n'est pas un nom que tu auras croisé au détour d'une pub, d'un jeu télé, d'une grille de mots croisés ?
Colette mit les deux mains à plat sur ses jambes avant de répondre d'une voix claire.
– J'oublie des choses, mais tout ça, tout ce que je viens de te raconter : tout est vrai, tout est comme ça. Exactement. Parce que c'est ma forteresse, c'est le fond, c'est le noyau dur.
Rosalie la regarda, sceptique. Sa mère lui sembla effectivement particulièrement lucide. Elle avait parlé sans hésiter.
– Et Louise ?
– Quoi, Louise ?

– Elle t'en a parlé ? Elle lui a parlé, à lui ?
Colette tordit légèrement le bord de ses lèvres.
– Ma sœur me parle déjà si peu. Jamais elle ne lui aura parlé, à lui. Ma sœur… Elle fait son théâtre à elle. Elle n'a pas besoin du mien. Elle m'en veut, de je ne sais trop quoi. Elle m'en veut. Alors c'est ça. On ne dit rien, ni l'une ni l'autre.
– Mais elle s'en souvient ?
Colette la regarda brusquement, en souriant un peu. On se souvient toujours des noms d'hommes que nos sœurs nous murmurent au milieu de la nuit.
– Je ne te demande pas ce que tu vas faire, Rosalie, parce que je ne veux pas que tu fasses quelque chose. Ou que tu ne fasses rien. Je ne veux rien du tout, en fait. Je veux que tu saches. C'est tout. Je voulais…
Elle la fixait en se tapotant le cœur, enfonçant ses doigts dans le coton de ses habits.
– Toi, tu peux faire ce que tu veux. Moi, j'étais obligée de te vouloir, toi. Voilà. Tu étais là, j'étais ta mère, il fallait bien que je te veuille.
Elle ajouta :
– J'ai trop aimé le silence.
Elle pensa à ce silence, qu'elle avait eu besoin de casser une dernière fois, d'ouvrir en deux, comme elle l'aurait fait avec un brugnon de juillet. Elle ajouta :
– Et maintenant, je vais reprendre mon secret.
Elle regarda sa fille et sembla s'envelopper de mystère pour faire face au vent. Cet homme qui vivait quelque part la rassurait et la consolait. Elle n'aurait pas su dire

de quoi il la consolait. C'était peut-être de tout. Elle reprit alors :
– Ne me pose pas d'autres questions. De toute façon, je n'aurais pas les réponses. Fais ce que tu veux, cherche-le ou ne le cherche pas. Je t'ai tout dit. Voilà.
Et la nuit, dehors, décida de ne plus porter que le bruit des vagues.

V

Le jour était tout juste levé. Sur la table de la grande salle à manger, les livres s'accumulaient. La jeune femme soupira en tentant de les empiler, de les pousser d'un seul côté, soulevant un peu de poussière qui fit voleter des éclats de soleil. Elle posa son sac à main sur la table, sortit son téléphone pour regarder l'heure et pour consulter les messages qui s'accumulaient. Les clients ne connaissaient décidément ni le week-end, ni les jours fériés. Elle fit défiler les informations, regarda le cours de la bourse, puis se tourna vers l'extérieur. Le jardin était entretenu par un paysagiste qui était passé la veille, le carré d'herbe était fraîchement tondu. Sur la grande terrasse de bois, les fauteuils semblaient presque accueillants. Il était encore un peu tôt dans la saison. Au fond, sur un muret, le lilas fleurissait déjà. Une présence derrière elle la fit se retourner.

– Tu regardes mon jardin ? Je ne le cultive pas, mais je l'habite, c'est ma manière à moi de l'aimer.

La jeune femme sourit à son père.

– Tu es surpris que je passe si tôt ?

– Je ne suis plus surpris. Je sais bien que tu aimes le matin. Comment tu vas ?

Elle montra la grande table :
– J'ai apporté des croissants.
Il ouvrit le sac en papier et le respira.
– Ils sentent les miettes et le dimanche.
– Ils sentent Paris, surtout, répliqua-t-elle.
François Comino prit un air amusé. Sa fille, Anne, passait le voir presque tous les mois. Elle ne semblait pas planifier ses visites sur un agenda, mais elle était si régulière dans l'organisation de son quotidien qu'il semblait que ses déplacements suivaient une cadence constante sans qu'elle ait à s'en forcer. Le vendredi soir, par message, elle s'assurait que son père serait dans son autre maison, sa maison d'artiste, comme il aimait l'appeler. Perdue près de Carnac, elle était à la fois son repaire et son atelier. Anne l'appelait surtout sa maison de vieux. On aurait pu croire que cette bâtisse, pas très grande et toute repeinte en blanc, était la maison d'un peintre ou d'un sculpteur qui aurait voulu finir ses jours face à l'océan. Le dramaturge avait passé du temps à la retaper et à la rendre habitable. Il aimait les travaux de finition, il s'était chargé du parquet et de la peinture. Ce n'était que le jardin qu'il laissait à d'autres, il se sentait toujours maladroit avec les plantes. Il avait l'impression de perdre son temps en tondant la pelouse et en taillant les rosiers, alors même qu'il était prêt à prendre des semaines à remettre un escalier à neuf ou à bricoler l'électricité de la chambre. La maison était sur trois niveaux, mais chaque étage ne comprenait qu'une seule pièce, de sorte que l'on avait l'impression d'un petit phare tendu vers le

ciel. François dormait au premier, et la pièce du second était la fameuse salle à tout faire. Il s'agissait à la fois d'un bureau (même s'il préférait travailler dans son salon), d'un atelier de bricolage, d'une bibliothèque qui accueillait tous les ouvrages naufragés qui ne tenaient pas dans celle du rez-de-chaussée, et de la chambre d'amis qu'occupait surtout Anne, quand elle décidait de venir passer une nuit chez lui. Elle savait que l'appartement parisien de son père était un bourdonnement de sollicitations. Régulièrement, elle était donc prête à quitter le sien, à Montmartre, à prendre sa voiture, à s'extraire avant l'aube du périphérique de la capitale et à le retrouver dans sa maison cachée. Elle s'y sentait un peu chez elle, même si elle ne l'avait jamais vraiment habitée.

– Tu as vu ? dit-il. Là, encore un article.

Sur le *Télérama* qu'il montrait du plat de la main sur la table, on trouvait une photo de lui, le visage en gros plan. François Comino, sa nouvelle pièce, son choix audacieux de décor en décalage : les questions de la page de droite l'amenaient à disserter sur ses techniques, sa compréhension de la pièce, sur sa vision du théâtre, sur l'évolution de son travail.

Anne le parcourut en fronçant les sourcils.

– Je pense que tu prendras ta retraite du monde du théâtre avant de prendre ta retraite des interviews, dit-elle d'un ton détaché.

– Jamais, répliqua-t-il. Je sais ce que tu en penses. Mais les journalistes… sont les journalistes. Ils sont une partie de mon métier. Sans eux, je ne serai pas là.

Il fit un grand geste de la main, les yeux dans le vide.
– Je veux dire, pas « là », dans cette maison. Mais dans ma carrière.
– Qui sait ! Tu donnes trop d'importance à la presse, papa.
– La presse construit les réputations, les carrières, les individus. Elle les détruit si elle le veut.
Il avait mis les mains dans ses poches en parlant. Il fronça les sourcils et continua :
– Je ne suis pas cynique ou prétentieux, je suis lucide. Si je veux que l'on continue à connaître mon nom…
– Mais pourquoi tu veux que l'on connaisse ton nom ?
– Anne, dit-il en lui touchant le bras. Tu le sais. Être célèbre pour être célèbre, je m'en fiche. Dans l'absolu, ce n'est pas moi que je veux que l'on connaisse. C'est mon travail. C'est ce que je fais, ce que je crée. Imagine que quelqu'un me découvre par hasard, dans une salle d'attente, dans le métro, chez le coiffeur. Imagine qu'il aille voir ma pièce. Imagine qu'il en soit satisfait. Je l'aurais emmené quelque part. Je l'aurais pris par la main pour l'accompagner sur un détour… c'est gagné, tu comprends. C'est ça, c'est ça mon métier, c'est ce que je veux.
– Et tu n'as jamais pensé que cela pourrait avoir l'effet inverse ?
– L'effet inverse ?
– Quelqu'un te connaît de nom, t'apprécie, a vu une de tes pièces il y a dix ans ; il te lit dans la presse ou t'entend dans une émission et te trouve insupportable. Fin de son histoire avec François Comino, il décide de ne jamais aller voir ta dernière pièce.

– Ce serait terrible, dit-il comme frappé d'effroi.
Anne eut un sourire. Son père marqua un temps avant de continuer.
– Ce serait terrible et c'est ce que je veux éviter. Je consacre un temps énorme à la communication autour de mes pièces, précisément pour ça. Un jour, j'ai vu une passante devant un théâtre où je répétais, à Marseille. Je fumais une cigarette dehors, seul, pendant que mes comédiens étaient partis marcher dans les rues autour. La femme a regardé l'affiche, elle s'est attardée sur tout, le titre, l'image, les noms qui s'étalaient, en bas, le mien et ceux des acteurs. Puis elle a eu un petit gonflement de joues, elle a fait « non » de la tête et elle est partie. Je me suis dit : « Mais qu'est-ce qu'on a loupé ? Qu'est-ce qu'on aurait pu faire de plus ? Ou de moins ? » Je t'assure, j'ai failli la rattraper, la prendre par la main et lui expliquer mon projet.
Anne le regarda en souriant. En vérité, c'était tout à fait le genre de son père. Être celui qui rattrape les gens par le bras, par la martingale, par le col du manteau, et qui leur dit : « Attendez, vous faites une erreur ! » « Je vais vous expliquer combien vous vous trompez ! »
– Tu ne peux pas intéresser tout le monde, papa.
– Pas forcément les intéresser, mais au moins, les transporter quelque part, les captiver, les faire réfléchir le temps d'une soirée ! Eh ! Je ne demande qu'une soirée. Je ne suis pas exigeant.
– Une soirée, c'est beaucoup, c'est énorme. Moi, je ne donne pas ma soirée à n'importe qui.

Elle s'assit dans un des fauteuils anglais qui tournaient le dos à la fenêtre et qui permettaient à leurs occupants de voir la bibliothèque dérangée et l'angle de la petite cuisine.

– En plus, papa. Les gens ont le droit de se tromper sur tes pièces. Ils ont le droit de se tromper sur toi.
Son père lui tendit le sac de croissants. Elle en piocha un, sans s'arrêter de parler.
– La mère d'Axel est persuadée que je suis froide. Cassante et sans émotion. Parce que je gère des fonds, sans doute. Tu sais bien, dit-elle en le désignant avec la pointe du croissant, tu sais bien que je ne suis pas froide. Je suis rigoureuse, oui, je suis méthodique. Et pourtant… Pourtant, un rien me bouleverse, je pleure à chacune de tes pièces, je suis déstabilisée par n'importe quel aveu, n'importe quelle déclaration d'amour, n'importe quel départ en gare. Tu te souviens, à Rome, quand j'ai passé deux heures devant les sculptures ? Je ne m'en remettais pas.
Son père eut un petit bruit d'acquiescement.
– Ta mère était hors d'elle, dit-il. Elle regardait sa montre. Elle avait fini par te prendre par la main pour te faire sortir de la galerie Borghese. Sur les chemins du jardin, jusqu'à la grille, aucun de nous trois n'avait parlé.
– Encore maintenant, la beauté, c'est ce qui me renverse le plus, continua-t-elle. Surtout celle des œuvres d'avant. Les trucs faits par les morts. J'ignore pourquoi. Peut-être parce qu'il y a l'idée d'un objet éternel, justement, la

suggestion du bruit de ce qu'on laisse pour ceux d'après. Enfin, tu vois. Je n'en parle pas, de ça. Parce que c'est ridicule.
– Ridicule pour qui ?
– Pour tout le monde ! Pour mes clients, pour mes collègues et même pour ma belle-mère. Que veux-tu que je dise ? « Je suis banquière et pourtant je pleure devant *L'Enlèvement de Proserpine* ? » Jamais. Les gens ont beau dire le contraire : ils n'aiment pas les contrastes.
Son père, qui finissait son croissant, attendit un peu avant de répondre.
– Je ne sais pas si le contraire de « froide » est « capable de pleurer devant une sculpture », finit-il par conclure d'un air rêveur.
– Tu comprends très bien ce que je veux dire, répliqua-t-elle, comme dérangée de devoir se justifier. Tu vois. On me trouve froide, mais on me juge mal. Je ne suis pas de celles qui ont les yeux rouges pendant les enterrements. Je me suis toujours appliquée à ne pas étouffer ce que je ressens. Simplement : j'ai appris l'art de la dissimulation.
Son père eut un de ces petits rires qui nous font presque fermer les yeux.
– Tu le maîtrises, l'art de la dissimulation.
– Moque-toi. Je ne te cache pas grand-chose.
Elle inclina doucement la tête et balaya tous ses secrets en même temps qu'une mèche de cheveux.
– Et pourtant moi je te trouve discrète. J'aime bien ça. C'est ta pudeur à toi. Je ne sais jamais si tu aimes mes cadeaux, si tu es vraiment heureuse devant la mer. Je te

trouve décidée toujours, entêtée parfois, et pourtant, j'ai l'impression de ne jamais savoir ce qui déborde de toi. Tu es comme ces femmes qui conduisent des dériveurs solitaires et qui ont un visage si fermé qu'on ne sait jamais si elles paniquent, si elles fatiguent ou si elles en veulent encore. J'ai devant moi tes décisions comme des cartes que tu abats sans me demander mon avis et je ne sais jamais si elles t'ont demandé du temps, j'ignore celles que tu prends à contrecœur et celles qui vont dans le sens de tes vents. Tu viens me voir avec ton parfum de croissant, tu t'installes ici, tout paraît si fluide et si évident, et pourtant… Pourtant j'ai toujours ce petit chagrin à l'âme, celui de ne pas pleinement savoir ce qui t'anime, ce qui t'ennuie, ce qui te pousse. Tu ne fuis pas la discussion, mais tu sais si bien l'habiller de maîtrise, que moi, je n'y lis qu'une forme de récitation. Il y a peut-être de la sincérité, mais c'est… tout figé par le sang-froid et la retenue.
– Décidément, répondit-elle. Après la froideur, le sang-froid. Il faut croire que le monde a besoin de chaleur.
François s'assit sur le bras du deuxième fauteuil et se tourna dans la direction opposée à la sienne, vers le jardin. Il murmura :
– Ce serait peut-être différent. Si tu l'avais dit avant, à l'époque de… Si tu avais parlé davantage.
Puisqu'elle ne répondait pas, il continua. Entre eux, la communication était toujours un terrain de jeu. Tant que l'un des deux joueurs restait sur place, l'autre avançait.

– Même Axel n'est pas ta fonte des glaces. Tu en parles avec tellement de neutralité… Je ne sais rien de lui. Je ne sais rien de vous.
– De nous ! Allons, papa ! Je t'ai dit l'essentiel. Tu sais comment on s'est rencontrés.
– Tout le monde le sait.
– Oui. J'aime peut-être un peu trop le raconter. C'est une réalité qui me définit autant qu'elle m'amuse. Quoi, tu en voudrais l'exclusivité ? Et puis, ajouta-t-elle en soufflant, et puis, tu le connais, tu lui as parlé, tu sais qu'il aime le ciel avant l'orage, Paris la nuit et le bruit des aéroports. Ça suffit, non ? D'ailleurs, tu pourrais n'avoir aucune information, si ce n'est le fait que je l'ai choisi, et c'est tout. Tu veux quoi, exactement ? Quel détail ? Tu voudrais nos discussions, nos différences, nos tempêtes et nos espoirs, nos vagues et nos crépuscules ? Tu as le don de vouloir que t'appartienne ce qui précisément t'échappe. Je ne suis aucune de tes pièces, aucun de tes personnages, tu n'auras jamais lu tous mes actes, tu ne me conseilleras sur aucune de mes scènes. Eh ! Pourquoi crois-tu que je t'en dis le moins possible ? Parce que je sais que, dès que j'aurai évoqué un schéma de situation, à la minute où je t'aurai raconté où j'en suis, tu me prendras les mains pour me dire d'aller plutôt côté cour ou côté jardin. Tu aimerais tant, n'est-ce pas, que je sois ton personnage principal, celui que tu pourrais cerner tout à fait, approcher réellement, comprendre enfin. Mais tu ne me diriges pas.
Il avala la fin du croissant sans répondre et elle reprit :

– Tu es mon père. Pas mon metteur en scène. Tu n'auras de moi que ça, cette femme dans un fauteuil qui débarque avec des croissants parisiens, même pas ceux au beurre, parce qu'ils n'en avaient plus, et qui ne te dit pas ce qu'elle a fait la veille au soir, ni si son couple va bien ; qui ne te dit pas si elle vient par devoir, à contrecœur ou pour trouver un refuge quelque part. Tu auras de moi ce que je te donnerai, moi en entier de temps en temps, avec mes mots choisis et mes mots pas dits. Voilà le contrat, papa. Tu auras une fille unique et pas une création artistique ou un ersatz de personne réelle. Tu sais quoi ? Tes personnages, ils sont merveilleux, mais ils sont morts. Tu essaies de les faire vivre, mais tu n'y arriveras jamais, parce que la seule personne que tu as vraiment fait vivre, il y a trente ans et pour toujours, c'est moi.

Son père la regarda avec attention, plissant un peu les yeux, comme on le fait lorsqu'on mange dehors en été. Il répondit alors, presque en chuchotant, comme pour ne pas la déranger.
– Je les aime. Mes personnages. Tous ceux que j'ai créés, je les ai adorés. J'ai eu l'impression d'être… un dieu raté. Poussé par une forme d'orgueil terrible et délicieux. Je les ai faits. Mais toi, je t'aimerai toujours mille fois plus que n'importe lequel d'entre eux. C'est là, c'est là que tu te trompes. Je bougonne de ne pas te connaître, mais au fond, je m'en réjouis, parce que je suis fatigué de trop connaître ceux que je dirige. Toi, tu

es au bout de la pellicule. Et pourtant je ne peux pas te lire. Et je sais combien c'est une chance, d'avoir auprès de soi une création qui s'enfuit. Les autres pères ne le savent peut-être pas.
– Les autres pères font ce qu'ils veulent.
– Les autres pères tâtonnent sans savoir la valeur de cette frustration.
– Cette frustration ?
– Oui. Le délice qu'il y a à savoir que le vivant que nous avons créé nous échappe. Qu'il s'enfuit… et qu'il reste quand même à nous, toujours, d'une manière ou d'une autre.

François Comino attendit quelques minutes avant de se lever. Il s'étira en joignant ses mains au-dessus de sa tête, comme pour s'échauffer. À pas tranquilles, il gagna la petite cuisine, face à sa fille. Il disparut derrière le mur, on entendit quelques bruits de vaisselle et ce boucan succinct que font les couverts que l'on cherche dans le tiroir. Il ouvrit la fenêtre qui donnait sur la rue et dont la charnière chantait parce qu'elle n'était jamais huilée. Anne garda les yeux dans le vide. Bientôt résonna dans l'air le sifflement de la petite bouilloire sur le gaz, et elle s'amusa de ce faux cri d'urgence, ce hurlement dérisoire.

VI

Au premier tiers de la rue des Rosiers, en plein Marais, on trouve un des jardins cachés les plus charmants de Paris. Pour y entrer, il faut passer une grille et pénétrer dans ce qui ressemble à une traboule lyonnaise, et qui est en réalité un passage couvert qui mène à un reste de l'ancienne muraille de Paris qu'on appelait « l'enceinte Philippe Auguste ». La vieille pierre y est envahie de ronces et de lierres, et l'on accède ainsi à une cour pavée entourée de bancs, toute bordée de cultures en espaliers. L'un de ces bancs fait face au reste d'une tour de l'enceinte, et les deux autres donnent sur la suite du jardin, qui s'organise en trois espaces et est dominée par l'hôtel de Coulanges. Il y a quelques années, on pouvait y accéder par l'autre côté, la cour de cet hôtel, rue des Francs-Bourgeois ; il faut désormais passer par la grille de la rue des Rosiers. Ce petit jardin est méconnu des touristes et il n'offre qu'aux avertis ses ombres parmi les bouleaux plantés dans le carré de gazon. Si l'on essaie de passer, depuis la tour de l'enceinte, vers l'hôtel de Coulanges, on croise un figuier et un marronnier près de l'hôtel Barbes, et enfin, derrière un rideau de cannes de Provence, toutes sortes de petites essences, des graminées qui dansent et un gros oranger du Mexique dont les pétales blancs se dispersent au sol et ressemblent à ce qui reste de confettis les lendemains de mariage.

Il n'était pas encore dix-huit heures ce soir de mai et il faisait pourtant particulièrement chaud ; les piétons, dans les rues aux alentours, s'emparaient des extérieurs comme de vallées rares. Ils ponctuaient leurs saluts de commentaires sur le soleil, à la fois généreux de s'offrir ainsi et inquiétant d'être brûlant si tôt dans la saison. Sur le banc qui longe la muraille, derrière le petit vacarme des voix et des trottinettes sur les pavés, on trouvait un livre ouvert et posé à même les pages, un sac de toile, et une jeune femme, assise, les jambes croisées, le regard perdu au loin, vers les fenêtres ouvertes de l'hôtel. Elle portait un tailleur de belle facture qui mettait en valeur sa taille et ses épaules marquées et, même dans sa rêverie, elle avait un port de tête qui disait d'elle toute sa détermination.

Elle sortit son téléphone, eut le temps de lire les notifications, puis le remit dans son sac et reprit sa position première. Elle jeta un œil vers le livre, comme pour interroger une tentation, puis, dans un mouvement rapide, elle le ferma et le posa avec le téléphone, dans le sac. Elle se leva et fit face à la grille, derrière elle ; elle plissa les yeux et attendit quelques minutes ainsi, laissant parfois échapper un soupir à peine audible.

À ce moment, une autre femme, qui semblait avoir le même âge qu'elle et qui faisait danser en marchant les pans de sa robe longue, s'approcha en souriant. À la vue de celle qu'elle attendait, la première femme sourit.

– Jardin des Rosiers ! s'écria la femme en robe. Quelle idée ! On dirait un rendez-vous caché. Un rendez-vous d'amants. Tu as toujours de ces inventions, Anne !
Anne Comino haussa les épaules et prit son sac de toile, pour faire quelques pas dans le jardin.
– Je viens ici sans arrêt, dit-elle.
C'était son endroit à elle. Elle ne travaillait pas dans le quartier, elle n'avait rien à y faire, elle faisait parfois une heure de métro pour y arriver. Ça lui était égal, parce que l'endroit lui était trop précieux. Pourtant, il ne s'agissait pas d'un lieu symbolique. Il n'était lié à aucun moment clé de sa vie. Elle n'y avait jamais appris de nouvelle qui aurait révolutionné son existence, elle n'y avait fait aucune rencontre marquante. Simplement, c'était devenu une habitude. Elle y était venue un été, cinq ans plus tôt, juste après une dispute avec un homme. Elle y était retournée la semaine d'après et toutes celles qui avaient suivi. Elle avait eu d'autres postes, déménagé, vu d'autres hommes, changé de visage, elle avait eu trente ans, quelques rides, quelques cicatrices, et même si elle regardait dans le miroir de l'entrée, quelques cheveux blancs. De révolution en révolution, ce petit parc était devenu sa constante. Elle s'y était attachée sans s'en rendre compte. C'était l'un des endroits qui lui faisaient aimer

Paris. Elle y sentait une sérénité touchante et démodée, elle avait l'impression de connaître un passage secret qui permettait de franchir une faille dans le monde de la normalité.

– Anne Comino, toi ! Tu as des habitudes ? Tous ceux de la prépa seraient fous de savoir ça. On disait de toi que tu étais l'aventurière. Le génie qui prend tous les risques. L'inverse de la femme qui s'assoit sur le même banc chaque semaine.
– Je n'y vais peut-être pas toutes les semaines, répondit-elle sur un ton amusé. Mais quand même. C'est un peu chez moi. J'adore ces endroits qui deviennent un peu les nôtres alors qu'ils restent publics. J'y vois quelque chose de poétique, d'universel peut-être. C'est comme si le monde nous rappelait que nous ne sommes jamais autant chez nous que lorsque nous ne sommes nulle part.
– Ou plutôt que nous ne sommes jamais nulle part, proposa la femme en robe.
Elle sembla réfléchir, puis reprit, comme pour s'expliquer :
– Je veux dire qu'il ne suffit pas d'avoir grandi à un endroit pour s'y sentir bien.
Il y eut un silence.
– J'ai souvent l'impression que l'on court après ça. Des sentiments d'appartenance, répondit Anne. C'est ce qu'on cherche sans cesse, non, en nous agitant partout ? Nous sentir chez nous. Être nous-mêmes. Alors qu'on ne peut pas vraiment être grand-chose d'autre. On veut

être rassurés, on veut se dire « Oui, je suis à ma place, parce que : je suis chez moi ».
L'autre eut un sourire.
– Bon. Tu voulais me parler ? Ça me fait plaisir de te voir. C'est mieux qu'au téléphone. Ça fait des mois que je ne t'avais pas vue.
– C'était en décembre.
– Oui ! C'est ça. Je me souviens. Le jour du chocolat, près du Luxembourg. On avait marché. Comme là. J'ai l'impression que c'était avant-hier.
– Pas moi, répondit Anne tristement.
– Les mois ont été durs ?
– Très longs.
– Raconte.
Anne hésita avant de répondre. Elle se dirigea vers un des bancs qui tournaient le dos à l'hôtel, dont les fenêtres restaient fermées malgré la chaleur. Clara s'assit à côté d'elle. Sans la regarder, Anne continua.
– Je n'ai rien à t'annoncer.
L'autre poussa un soupir souriant et bredouilla quelque chose, une phrase qui aurait voulu rassurer mais qui n'arrivait pas à se frayer un passage dans le langage.
– Oh ! Ne dis rien, il n'y a rien à dire. Le jour où je serai enceinte, tu seras parmi les premières à le savoir.
– Ce sera un beau jour, répondit Clara en acquiesçant.
Elle était visiblement rassurée de pouvoir évoquer une perspective heureuse.
– Je désespère de l'imaginer, ce jour, répondit Anne. Le plus terrible, c'est que j'ai la folie de l'échafauder avant

chaque test. Je compte les mois pour imaginer quand serait sa naissance. Je rêve avec le plus de précision possible : je visualise l'annonce à Axel. Elle est à chaque fois différente. Puis, j'imagine l'appel aux amies, j'imagine aller chez mon père, dans sa maison de la mer. Je me vois face à lui, tout lui dire, à chaque fois sous une forme différente. Il faut croire que j'ai une imagination débordante.

– Ce n'est pas de l'imagination, c'est de l'espoir. C'est presque pareil. Sauf que l'espoir va plus loin dans le sol.

Anne eut un sourire et elle ferma les yeux.

– Le plus dur, c'était la deuxième FIV. Parce que, pour la première, je n'avais pas de pression, tu comprends, même de la part des médecins. C'était une tentative, je découvrais tout, tout le protocole, et j'avais l'impression qu'il s'agissait d'une répétition générale. J'ai tout franchi sans trop y croire, alors, quand la prise de sang était négative, je n'ai pas pleuré. Je n'étais même pas trop surprise. Je ne m'attendais pas à réussir du premier coup.

Clara acquiesça sans répondre.

– Avec Axel, on s'est dit : « Désormais, on sait à quoi s'attendre. » On pensait qu'on avait compris, que rien ne nous surprendrait. Mêmes armes, même combat, sans rien dire à personne. Il n'y a que toi qui sais. Toi, et Marion, aussi. Mais sinon : personne. C'est déjà beaucoup.

– Tu n'es pas obligée de me raconter.

– Je sais. C'est ça qui est bien. Je sais que je peux t'appeler, te croiser dans un jardin et t'en parler sans trop t'en

dire. Je sais que tu ne poses pas beaucoup de questions et que tu ne raconteras rien.
– À qui tu veux que je raconte ?
– Exactement.
Elle prit une grande inspiration avant de poursuivre :
– Donc, après le premier échec, on n'était pas désespérés. Et je crois qu'il y avait chez nous une logique à peine formulée qui voulait que la deuxième fois soit celle qui fonctionnerait. J'ignore pourquoi, peut-être était-ce ancré quelque part dans nos inconscients ou dans les inconscients collectifs : la première est un essai, la deuxième est la victoire. Comme si nous allions gagner quelque chose, remporter une bataille, parce que nous avions connaissance du terrain. Je crois que le pire, c'est de savoir à quel point on ne maîtrise rien.
– Ah, oui ! fit Clara. Toi, la reine de tous les combats qui demandent de la maîtrise, j'imagine que tu ne supportes pas ce lâcher-prise.
– Ce n'est pas un lâcher-prise ! C'est pire. C'est une lutte à laquelle on assiste, comme des spectateurs. Cette lutte nous engage en tant que corps, mais ne nous engage pas vraiment en tant qu'individus. Les jours où mes taux d'hormones ne sont pas terribles, j'en voudrais presque à mes propres organes. Comme si j'étais une mauvaise élève, comme si j'avais mal fait quelque chose. Je voudrais pouvoir trouver une logique au fil du protocole, aux jours où ça va, aux jours où ça ne va pas. Mais je crois qu'il n'y a pas de logique à chercher.
– Non.

Clara replia ses jambes en tailleur sur le banc. Elle sembla chercher ses mots, puis se ravisa. Anne se tourna vers elle :
– Moi qui aime les chiffres, je sais bien : à chaque fois on a une chance sur cinq pour que ça marche. Une chance sur cinq ! C'est ridicule ! Vingt pour cent. Quand tu as ça, pendant les soldes, tu te dis que c'est nul. Et les médecins t'annoncent ce chiffre comme l'affaire du siècle. Le plus fou, ajouta-t-elle, le plus fou…
Elle marqua un temps, regarda Clara dans les yeux, puis se tourna vers le parc avant de continuer, en haussant les sourcils :
– C'est le nombre de femmes qu'il y a dans toutes les salles d'attente. Toutes ces mères en devenir. Ces femmes qui attendent, qui espèrent, passionnément, terriblement, parce que, Clara, si on n'espère ni passionnément ni terriblement, on arrête tout ; toutes ces femmes qui ont toutes la même lueur dans les yeux et qui se regardent pourtant à peine. Après le transfert d'embryon, au moment de remplir le chèque, il y avait un autre couple avec la secrétaire. Ils recevaient la feuille, la date du test à faire, la même que ma date à moi. Et comme pour un concours, je n'ai pu m'empêcher de me dire : c'est soit elle, soit moi. Je me suis dit que statistiquement, si on nous considérait toutes les deux, cent pour cent de réussite, ce serait improbable, zéro pour cent, plus probable, ou, peut-être, cinquante pour cent. Elle ou moi.
– Et alors ? Pour elle ?

– Alors : je ne saurai jamais. Je l'ai regardée partir en me disant que je n'aurais jamais sa réponse à elle. Comment veux-tu que je la croise à nouveau ? C'était peut-être son jour. C'était peut-être elle. Puisque ce n'était pas moi.

Silencieusement, Clara pensa à cette autre femme quelque part. Elle pensait à la difficulté qu'elle avait trouvée elle-même dans la maternité, aux larmes versées pendant les nuits sans sommeil à bercer son fils. Elle se demanda pourquoi l'être humain passait sa vie à vouloir ce qu'il n'a pas et à pleurer sur ce qu'il a. On devrait toujours vivre en se demandant ce qu'un autre pourrait nous envier.

– Et ton père ? demanda Clara.

– Mon père ! Il va très bien. Je crois. En fait, non, se ravisa-t-elle. Je ne suis pas certaine qu'il aille bien. Je le trouve changé, usé, terni par quelque chose. Je mettais cela sur le compte de l'anniversaire de la mort de maman. Mais je n'en suis pas si certaine. Je suis allée le voir samedi dernier… On a fait de longues promenades le long de la mer. J'avais envie qu'il s'ouvre, mais il n'a parlé que de théâtre et de voiliers. Et moi, je ne me suis pas vraiment confiée non plus. Je ne sais pas ce qu'il en penserait. Être grand-père tout court, d'ailleurs, je ne sais pas si cela lui ferait vraiment plaisir. Alors voilà. On a promené nos secrets avec nous. On était deux silhouettes parallèles, unies pourtant, entrelacées par les traits des souvenirs et distinguées par toutes les formes blanches qui flottaient entre nous. Tout ce qui pourrait être comblé mais qu'on ne comble pas. On était comme

ces bulles de savon qui avancent ensemble sans se séparer et qui pourtant ne s'unissent jamais complètement.
– C'est fou, ce truc, répondit Clara.
– Quoi ? Grandir ?
– Oui, enfin… La filiation… On veut se distinguer de nos parents pour devenir parents nous-mêmes, et on perpétue une sorte de pacte, qui ordonne qu'un jour, notre enfant à son tour se distinguera de nous. On le sait, mais on se cache les yeux. Sinon on ne tiendrait plus debout.
Anne leva la tête comme pour vérifier s'il n'y avait toujours aucun nuage. Elle se tourna à nouveau vers son amie.
– Et ton fils ? Il va bien ?
– Il est immense, répondit Clara en riant. On m'avait dit : tu verras, l'école, ça fait grandir les enfants. Ça m'énerve, ces répliques toutes faites que les mères font voyager. Et pourtant c'est vrai. Tu crois qu'on fait plus voyager les phrases si elles sont vraies ?
– Peut-être.
– Chaque matin, il a très peur d'arriver en retard à l'école. Alors je le rassure, et parfois je mens un tout petit peu. Je ralentis la montre et j'invente. Et je presse le pas du bout des pieds, mine de rien.
– On est vraiment des menteurs, dit Anne dans un soupir.
– Qui, on ?
– Tout le monde. Les adultes. Je te raccompagne jusqu'à Bastille ?

Clara acquiesça et se leva.
– On n'est pas des menteurs, protesta cette dernière en marchant. On est des… des stratèges. On décide des cartes qu'il faut abattre et de celles qu'il faut garder dans nos mains, dans le fond, bien plus dans l'intérêt de nos parents ou de nos enfants, que dans notre intérêt propre. Ça ne m'amuse pas d'inventer une heure le matin, je le fais pour lui, pour éviter une crise, pour le sauver des larmes.
– Et alors, ce n'est pas un mensonge ?
Clara eut un rire très joli qui fit se retourner un passant.
– Anne. J'ai hâte de savoir quels mensonges tu inventeras à ton enfant.
– Il faudrait déjà que mon enfant soit dans le réel.
– Eh ! Il l'est un peu.
Elle lui prit le bras pour descendre vers la place des Vosges, et le vent tiède du soir faisait voler sa robe contre les jambes de son amie.

VII

Dans les coulisses de l'Odéon, les loges étaient devenues des ruches dans lesquelles s'emmêlaient les acteurs, les techniciens et le public. On riait, on criait, on entendait des portes s'ouvrir, d'autres se fermer ; on se hélait d'attroupement en attroupement. On échangeait sur la pièce qui venait d'être représentée. On commentait le jeu des acteurs et les choix de décor. Dans la loge de Pascal Hartwig, le comédien dont le nom était en haut de l'affiche, on avait rapidement déposé des verres que chacun remplissait et des plateaux remplis de gâteaux aux amandes. Les couloirs aux tapis rouges étaient baignés d'un joyeux vacarme.
François Comino ne savait plus où donner de la tête. De toute part, il voulait serrer des mains.
– Tu vois, c'est pour ça que j'aime tant les premières.
Il parlait à une femme en tailleur rose qui le suivait.
– Ce ne sont pourtant jamais les meilleures, répondit-elle.
– Justement, Alice, justement ! C'est ce qui me plaît. C'est comme les premiers voyages en avion, les premières amours, les premiers pas dans une ville qu'on va habiter. On attend tout, et pourtant, on sait bien que ça ne pourra pas tout donner.

– Peut-être.
– Tu as vu si David Croix-Jean était là ?
David Croix-Jean était le journaliste qui avait fait une critique élogieuse de sa pièce précédente dans *L'Obs*, deux ans auparavant, et qui, il en était sûr, lui avait valu des centaines d'entrées. La femme, après avoir parcouru la foule des yeux en levant le menton, lui répondit sans le regarder.
– Il était dans la salle.
Il y eut un bruit à l'autre bout de la petite loge. Pascal Hartwig venait d'ouvrir la grande fenêtre de sa loge en forçant la poignée de bois ronde. Il fit un signe au metteur en scène, qui joua des coudes pour lui serrer la main, à nouveau.
– Le chaudron d'un soir de première, lança l'acteur d'un air entendu, inclinant la tête.
– Voilà ! Un stade.
François Comino touchait le bras de son comédien et criait pour couvrir le vacarme.
– Pareil. Mais avec moins de spectateurs.
– Et pourtant. Plus je vieillis, plus je me dis que le théâtre est un sport comme un autre.
Il fit quelques pas en le prenant par le bras pour s'écarter un peu du vacarme. Ils échangèrent quelques mots, un verre à la main, et des deux hommes, on ne savait lequel attendait le plus les compliments de l'autre.
– Je ne m'en lasserai pas, murmura François Comino en regardant autour de lui.
– Moi je pourrais m'en lasser, dit l'autre en souriant. Je

crois qu'un jour, je me dirai : tu vois mon vieux, t'as plus l'âge pour ces choses-là.
– Tu crois que je n'ai plus l'âge pour ces choses-là ?
– Évidemment.
– Évidemment, quoi ?
– Évidemment que tu n'as plus l'âge.
François Comino se mit à rire un peu, par fierté.
– Peut-être. Et en même temps, on n'a jamais l'âge de grand-chose.
Il prit le temps de finir son verre et il demanda au comédien :
– Si tu arrêtais, qu'est-ce qui te manquerait ? C'est une question que je me pose souvent. Qu'est-ce qui te manquerait ?
– Ce qui me manquerait…
Il prit le temps de réfléchir, le regard baissé, puis il le regarda brusquement, comme soulagé d'avoir trouvé quoi répondre.
– Ce serait le moment où je découvre le texte. Tu sais. Pas le moment où tu feuillettes. Celui où tu t'assois quelque part, dans un fauteuil, près d'une fenêtre, et où tu lis vraiment, complètement, du début à la fin. Et tu penses, à chaque réplique de ce personnage, que ce sera toi. Tu découvres ce que quelqu'un d'autre a décidé que tu dirais.
– Quand on y réfléchit, c'est presque intrusif.
– Presque.
Le comédien prit le temps de finir son verre à son tour et demanda, en haussant les épaules :

– Et toi ?
– Moi ?
– Toi, qu'est-ce qui te manquerait ?
– Ça.
– Les premières ?
– Oui, oui, oui, fit-il en acquiesçant sans cesse comme pour se convaincre de sa propre idée.
Il se gratta la tête et il ajouta en rêvant :
– Chaque soir de première, et pas seulement les soirs de première, d'ailleurs, chaque soir d'interprétation a la saveur d'un combat. Le combat entre ce que j'aurais pu faire et ce que j'ai vraiment fait, l'affrontement entre ce qui aurait pu, ce qui aurait dû se passer sur la scène et ce qui se passe vraiment. Une sorte de lutte entre le jour et la nuit.
– Il paraît qu'on appelle ça l'agonie.
– Sauf que personne ne meurt.
– Tout dépend de l'accueil de la pièce, dit le comédien en riant.
– Mais tu vois, reprit le vieil homme sérieusement, à chaque représentation, c'est une petite mort. J'assiste au décès de toutes les possibilités que j'ai écartées. Depuis un an, j'aurais pu prendre mille autres directions, choisir d'autres déplacements, d'autres accessoires, donner d'autres conseils de tons, de gestes. Ce qui se joue chaque soir, c'est le résultat d'un travail au millimètre. Et c'est ce résultat, avec plein de tensions et de doutes, qui fait que la vie et la mort se croisent quelque part.
Il eut un regard dans le lointain. Il ajouta, mélancolique :

– C'est ça. Une histoire de choix. Un miroir de l'impact de toutes nos décisions. Et pourtant, il y a toujours possibilité de changer quelque chose pour le soir suivant, de modifier, pourvu que ce soit à la marge. Ça donne l'impression qu'on peut toujours adapter ou réadapter.
– Pour toi, peut-être ! répondit l'autre en haussant la voix. Pour moi… Je suis l'acteur, tu vois, donc j'obéis, et en même temps je suis devant. Finalement… Ce que je décide, c'est ce que je garde de moi-même dans mon personnage et ce que je garderai de mon personnage à l'intérieur de moi après la pièce. Donc pour moi, première, dixième, centième, il y a toujours dans la représentation quelque chose de l'ordre de la prise de risque. Pas la petite prise de risque, celle du piéton qui traverse au rouge ou du vélo qui part dans la neige. La vraie. Celle qui met tout en jeu. Le saut dans le vide.
François acquiesça avec énergie.
– Tu as vu Lou ? demanda l'acteur en se hissant sur la pointe des pieds. Elle n'est pas là.
Tandis qu'il sortait son téléphone de la poche de son pantalon, François Comino répondit :
– Elle était impeccable, ce soir, c'était comme… C'était comme il fallait.
Il toussa un peu et reprit :
– J'aime bien parce qu'il y a en elle une violence, tu comprends, que l'on ne trouve pas chez les acteurs plus vieux ou plus habitués. Ça donne à l'ensemble un goût de rébellion. Quelque chose d'agressif, de plus cruel encore, d'imparfait. Et la perfection, c'est épuisant.

– Il faut arrêter, François, de chercher ce qui épuise et ce qui n'épuise pas.
– Bah, mon pauvre Pascal.
– Et moi ?
– Toi. Il y avait dans ton jeu ce soir tout le plaisir de celui qui domine le match. Tu n'étais pas seulement le stratège qui organise, qui fomente : tu étais celui qui s'amuse. C'était parfait. C'était juste.
– Et pourtant, celui qui organisait, ce n'était pas moi, c'était toi ! Moi, François, je récitais.
– Deviens metteur en scène ! Tu serais parfait.
– Je ne suis pas assez fou.
– Ça c'est vrai.

François Comino le savait parfaitement : si on le forçait à être mesuré et raisonnable, il préférait abandonner tout, tout de suite. La mise en scène, c'est comme la réalisation, c'est une affaire de fou. C'est être le moteur du mécanisme. Il avait toujours eu l'impression d'avoir la chance d'interpréter un peu tous les personnages à la fois et de pouvoir tout de même rester dans l'ombre. Personne ne se met plus à nu que le metteur en scène, et pourtant, personne ne le voit. Il se sentait comme le sorcier qui jamais ne dépasse du rideau.

L'acteur se frotta les yeux, l'air amusé, et tapa sur le dos de François du plat de la main. Quiconque aurait assisté à cette accolade sans les connaître aurait souri de voir ces deux hommes si différents dans leurs âges et leur stature.

Pascal était un homme bien plus grand que François, bien plus large, plus jeune, plus séduisant sans doute. François, face à lui, semblait bien vif mais presque chétif, poli par l'âge. Il gardait l'œil rieur mais il semblait amenuisé par quelque chose ou malgré lui pris dans l'altération que le temps fait subir aux corps. Il fit un dernier signe avant de fondre dans la foule.

L'une des actrices faisait de grands gestes, et il semblait que tout le monde s'accordait pour se rendre au souper prévu au café, au rez-de-chaussée. François, que beaucoup appelaient, se fraya un chemin jusqu'à la femme en rose.
– Alors ? demanda celle-ci, l'air soucieux.
– Alors, quoi ?
– Eh bien ! s'exclama-t-elle, roulant les yeux. Tu en sais davantage ? La presse ? Il a vu qui, exactement, Pascal ? Bon sang, c'est une première, François, tu sais combien de places presse étaient offertes, ce soir ? Tous les critiques, là, dans la salle…
– Tous ? N'exagérons pas. Tu as eu le temps de me faire ta revue de presse. Le plus important ce soir, il est là.
Il fit un grand geste circulaire.
– La vie, là, l'après, toute cette matière tout ce trac qui s'envole comme un ballon percé. Ça ne te fascine pas ?
– Très concrètement, non, François. Ce qui me fascine, c'est que la chronique de Paul Bartholo de France Inter de dimanche dernier t'a assassiné, avant même la première. Et ça, c'est terrible.

François fronçait les sourcils en finissant son verre. De temps à autre, il levait le bras et saluait des gens à l'autre bout de la salle en articulant des mots sans les faire résonner.

– Je n'exagère pas, continua-t-elle. Terrible. La presse est de plus en plus incisive quand elle parle de toi, François. Et ce qu'ils ont dit pendant le bord de scène ne me rassure pas trop.

– Je fais ce que je peux. Ce n'est pas la presse qui…

– Bien sûr que si. Les journalistes se font plaisir quand ils peuvent critiquer l'adaptation d'un classique s'ils ne voient pas suffisamment de nouveauté, d'expérimental. « Comino fait du Comino », voilà ce que l'on risque de lire en majuscules. Voilà ce qu'on lisait il y a deux ans, pour le *Mariage*.

– Je ne supporte plus cette formule, répliqua François. Bien sûr que je fais du moi-même. Comment veulent-ils que je fasse autre chose ?

– Ils veulent du renouvellement ! Ils veulent être réveillés. Tout ce qui ronfle les agace.

– Pfff, soupira-t-il. Ils sautent sur l'occasion, voilà tout. J'ai soixante-et-onze ans, j'ai eu un Molière il y a vingt ans et plus aucun prix depuis. Je ne dirige même plus de scène nationale, je n'enseigne plus. La tentation est forte de m'enterrer vivant. Mais moi, je sais que le public…

– Le public parle vite, le coupa-t-elle.

– Le public est de mon côté. Tu as entendu, ce soir, le triomphe !

Il faisait un geste vers les gens rassemblés, comme s'il s'agissait là de l'ensemble du public qui l'avait applaudi une heure plus tôt.
– Eux, ils me félicitent. Tu as entendu les rappels au salut ? C'est mon moteur, mon vrai salaire. Eux, ils le savent, que Comino n'est pas mort. Qu'il n'est même pas vieux.
Il laissa un silence s'installer, pour se demander sans bruit s'il était vieux. La femme en rose eut un imperceptible soupir.
– Nous verrons, conclut-elle.
Elle vida son verre d'une traite.
– Tu restes longtemps ?
François s'apprêta à répondre, puis se ravisa, comme s'il ne voulait pas préciser qu'il avait planifié de rester des heures mais qu'il commençait à en douter.
– En vérité, je vais prendre l'air, dit-il. Je reviens dans cinq minutes.
Il s'éclipsa sans se retourner, en sortant son paquet de cigarettes. Il sortit par la porte du côté sud et contourna le théâtre par les arcades.
S'il avait levé la tête en passant à l'angle de la salle, avant le grand péristyle, il aurait pu voir un drôle de couple qui se disputait, à l'écart de la foule. La femme, visiblement emportée, tirait le bras de l'homme qui semblait vouloir retourner dans la salle. « J'ai changé d'avis », disait-elle, pendant que l'homme tentait d'avancer.
François Comino descendit les marches distraitement, baissant la tête et priant pour que personne ne le reconnaisse et ne l'arrête. Il traversa la rue vers la librairie,

sur sa droite, sans vraiment se préoccuper des voitures. Il alluma sa cigarette et eut une petite toux tandis que résonnaient ses pas sur les pavés de trottoir de la rue Racine.

⁂

– J'ai changé d'avis, répéta-t-elle.
Olivier secoua la manche pour obliger Rosalie à lâcher son bras.
– Tu n'es pas raisonnable.
– Je ne suis jamais raisonnable.
Olivier finit par courir vers la grande porte d'entrée, il s'arrêta près de la grille noire qui lançait ses flèches d'or vers les étoiles que la lumière des grands boulevards avait avalées. Il se mit face à elle, la saisit par les deux bras et la regarda dans les yeux.
– Écoute, Rosalie, j'essaie de suivre.
Un soir d'avril, elle lui avait tout expliqué, elle lui avait donné le nom de son père, elle avait dit : « J'ai besoin de toi. » Alors évidemment, il avait pris un air détaché mais il aurait eu bien du mal à ne pas l'aider. Elle voulait un journaliste, elle avait parlé très vite, elle voulait passer elle-même pour une autre journaliste ; elle voulait, enfin, le questionner sans se découvrir. Elle avait même dit : « Je peux payer s'il y a besoin. » Ce qui l'avait fait rire. Il avait dit : « D'accord, juste d'accord parce que je suis curieux. » Olivier avait adoré cette histoire même si elle impliquait des mensonges. Il aimait les mystères qui planent sur

nos vies, ceux qui nous forgent et dont on ne parle pas. Et même s'il ne l'avait pas avoué, il s'était mis à sa place. Celle de ce père. Il n'avait pas une vie complètement dissolue, mais il était relativement expert en aventures d'un soir. Selon lui, il n'y avait pas sur Terre des dizaines de personnes qui auraient pu débarquer dans son appartement en lui assurant qu'ils étaient ses fils ou ses filles. Mais après tout, la chose était possible. Imaginable. Et qu'aurait-il fait alors ? Il avait beau passer la nuit à y penser, il n'en savait rien. Il ignorait si une telle histoire l'aurait plongé dans la culpabilité, la tristesse ou le bonheur d'enfin découvrir un enfant qu'il ignorait. Il imaginait mal qu'il aurait ouvert grand les bras, mais après tout, pourquoi pas. Nous sommes tellement imprévisibles.
Il avait regardé les dates des représentations de ce type, Comino. Il avait trouvé une première avec des places presse le dix-sept juin, incluant un bord de scène. C'était parfait, cela leur laissait le temps de réfléchir à leur stratégie. La salle était comble. Il n'était pas critique de théâtre et il doutait qu'aucun client ne soit intéressé par un article de son cru sur la première d'un classique.
Il avait fini par joindre un collègue dont il savait qu'il pourrait l'aider. Il avait improvisé en lui racontant que François Comino était un ami de son père à lui, qu'il avait connu dans l'enfance et à qui il voulait faire une surprise. Le baratin était passé. Il avait eu sa place pour la pièce. Il n'avait pas pu obtenir deux places, un deuxième mensonge était trop risqué. Rosalie avait répondu : « On y va tous les deux et on verra sur place. » Il avait eu

l'impression de perdre le contrôle de la situation, mais il avait bien voulu conduire jusqu'à Paris.
Il lui avait dit, juste avant le soir : « Mais tu veux te faire passer pour qui, dans l'histoire ? Tu veux quoi ? Tu veux arriver, lui lancer « Bonjour, je suis ta fille », ou tu veux le ménager un peu avant qu'il ne tombe de sa chaise ? »
Et elle avait pincé les lèvres sans répondre.
Juste avant la représentation, elle avait réussi à trouver un billet revendu sur les marches. La fille qui avait fait l'échange voulait surtout éviter de perdre le prix d'une place. Elle ne sut jamais qu'elle permettait à une autre de voir son père pour la première fois.
Olivier et Rosalie s'étaient séparés en entrant dans la salle et s'étaient retrouvés à la sortie. Après le bord de scène. Il lui avait dit « C'est maintenant », et brusquement, elle n'avait plus rien voulu faire d'autre que s'en aller.

– Ou bien, j'y vais seul ?
Avec souplesse, elle fit quelques pas à reculons et prit un air amusé.
– Non, dit-elle simplement.
Il soupira.
– C'était prévu ? demanda-t-il en se passant la main sur le visage.
– Pas du tout. Je voulais attendre de le voir avant de décider. Je ne pouvais pas réfléchir à mon monologue, dans mon autre univers, là-bas, à La Rochelle, si loin de lui. C'était impossible. Il fallait que je vienne. Ne t'inquiète pas, je ferai la suite. La suite c'est moi, le début, c'était toi.

Olivier soupira, visiblement fatigué d'être le début.
– Mais il est là ! dit-il, il est quelque part derrière, ton père. Il est à deux pas. Et tu veux partir ?
– Exactement, fit simplement Rosalie, en lissant son manteau du plat de sa main.
– Tu me rendras fou.
Elle le regarda en penchant la tête sur le côté, avec curiosité.
– Tu es une des personnes les plus saines d'esprit que je connaisse. Il me faudra du temps.
– Pour me rendre fou ?
– Ah, oui, aussi ! Mais je voulais surtout dire, pour mon père. Il me faudra du temps.
– Du temps !
– Parfaitement.
– Le temps de quoi ?
– Mais, fit-elle comme une évidence, le temps de réfléchir à ce que je veux dire.
– Enfin, Rosalie, bon sang, tu ne pouvais pas m'en parler avant, avant tout ça, tu ne pouvais pas me dire que tu avais besoin de temps ?
– Non.
– Non !
Rosalie était parfaitement calme. Elle regarda tranquillement les voitures passer sur le boulevard, puis elle parla très tranquillement.
– Je ne pouvais pas le savoir, parce que je n'avais jamais été dans la même salle que lui.
– Et ?

– Et ça change tout. Je viens de saisir l'infiniment grand de notre écart. Je viens de comprendre qu'il me sera impossible de lui dire qui je suis, impossible désormais et peut-être impossible pour toujours. Je ne sais pas. Mais je veux le voir, surtout, avant d'être vraiment vue. Je veux faire mûrir ma préparation. Préparer ma stratégie. Si je le retrouve ce soir, je peux faire vriller tout mon programme.
– Ton programme ?
– Précisément. Il me faut un programme. Un plan d'action. Je veux aborder la rencontre avec mon père comme on prépare un scénario. Je ne veux rien laisser au hasard, je suis prête à plancher, à penser à chaque détail. Je dois tout mettre au point : est-ce que je garde mon nom ? Combien de fois ai-je envie de le voir et où ? Est-ce que je veux être seule avec lui ? Comment ? Est-ce que j'ai vraiment besoin de savoir s'il a une famille, est-ce que je suis prête à prendre le risque de déranger cette famille-là, la vraie, l'officielle, celle de toujours ? À quoi ça rime, si je le fais ? Quel est mon vrai but ? Est-ce la satisfaction égoïste de me sentir reconnue, à défaut d'en être aimée, est-ce la volonté de combler quelque chose ? Un vide dont je n'avais pas conscience avant ce soir d'avril à Fouras ? Est-ce que je dois vraiment espérer qu'une rencontre, comme ça, une rencontre tardive, une rencontre d'adulte, comble ce vide ? Est-ce que je dois espérer un changement ? Et de qui, d'abord ? Un changement de lui ou un changement de moi ?
Elle parlait à toute allure et il tentait de la suivre.

Elle le regarda brusquement et reprit :
– Je suis obligée, Olivier, de chercher des réponses à tout cela. L'avoir aperçu, dans l'ombre, ce soir, était ce qu'il fallait pour me lancer sur la piste de cette forêt de questions. J'ai vu un col de veste, j'ai vu le flou d'une silhouette, quelque part dans le noir. C'est juste comme ça que j'ai envie d'avoir un père, ce soir. Aller plus loin, ça serait trop rude, trop rapide, trop abrupt. Il y a six mois, mon père était un vide. C'était un espace blanc, la niche d'une œuvre d'art, comblée par une œuvre de remplacement. L'annonce de ma mère a éclairé cet espace. Tout est prêt pour le remplir à nouveau. Mais tu vois, j'ai besoin de le remplir d'un croquis, avant d'y mettre l'œuvre définitive. Je veux un fantôme entraperçu sur un bord de scène, avant d'avoir une personne aux traits clairs. Je me suis bien interdit de chercher des vidéos, des émissions de lui. Je veux le faire entrer tout doucement, petit à petit, dans mes certitudes.
– Et lui ?
Elle le regarda comme si elle avait oublié qu'il était là.
– Comment ça, lui ?
– Lui. Comment tu vas faire pour le laisser t'accueillir *tout doucement et petit à petit* dans tes certitudes ?
– Justement, justement. C'est en réflexion. C'est en gestation.
Olivier cligna des yeux.
– En gestation ?
– Je veux dire, reprit-elle, que ce sera le fruit de mes réflexions dans les semaines qui viennent.

– Mais tu as dit « en gestation ». C'est comme si… Je veux dire qu'on a l'impression que tu envisages l'entrée de ton père dans ta vie comme tu envisagerais l'arrivée d'un enfant. Tu veux t'habituer. Tu veux le voir à l'échographie avant d'acheter un objet pour sa chambre, tu veux savoir s'il est là, même en noir et blanc, le regarder de loin avant de te préparer à le rencontrer pour de vrai.
– Avant d'être enceinte de Constance, répondit Rosalie après un petit silence, une amie m'avait dit : « Tu auras neuf mois pour te préparer. » Elle avait dit cela pour me rassurer, neuf mois, dans sa bouche, ça paraissait énorme, et par conséquent très rassurant. À moi, ça paraissait au contraire très court. Tu te rends compte ? Neuf mois et la vie n'est plus jamais la même. Et neuf mois pendant lesquels il y a un déséquilibre, entre l'homme et la femme, neuf mois pendant lesquels tout semble lointain à l'un, tangible à l'autre.
Elle regarda au sol, quelque part, puis, brusquement ravie, elle affirma :
– Précisément ! J'ai besoin de neuf mois. Au moins. Il faut attendre. Je l'ai appris en avril, donc, avril, mai…
Elle compta sur ses doigts.
– … Décembre, janvier. Janvier, il faut attendre janvier.
– Janvier ! s'exclama-t-il.
– Très beau mois. Un début. Une aurore. C'est parfait. L'an prochain, je rencontre mon père.
– Et moi, dans tout ça ? Dans ce plan, cette grossesse à l'envers, je fais qui ?
– Tout dépend si tu attends, toi aussi.

Elle le scruta avant de continuer.
– Mais je pense qu'il est trop tard, Olivier. Tu es pris dans cette histoire, dans ce délai qui ne voulait rien dire et qui, désormais, signifie trop. Oui, bien sûr, tu attends. Pas autant que moi, mais avec moi tout de même. Tu es engagé dans une perspective qui t'embarrasse, et pourtant, elle est là.
– Mais non. Mais non ! Tu as un talent certain pour scénariser les pensées des autres. Ou bien, pour scénariser mes pensées, à moi seul, peut-être !
Il riait d'un de ses rires à la fois élégants et forcés.
– Non, Rosalie. J'ai tenté de te rendre un service parce que j'étais curieux. Je trouvais l'affaire à la fois si banale et si inattendue. Je suis guéri de toute préoccupation ce soir. Vacciné. Je rentre. Tu veux toujours la place du passager dans ma voiture ?
– Je prendrai le train.
Olivier se passa la main dans les cheveux et eut soudain l'air épuisé.
– Bon, Rosalie. Je te raccompagne. Tu ne vas pas attendre demain matin. On fera la route sans parler, si tu veux.
– Ah ! Mais je peux parler, moi, s'il faut, dit-elle posément. Mais si tu ne veux pas, alors je me tairai. Je sais très bien faire.
– Parfait, conclut-il. On commence à se taire, là. Maintenant.
Il s'avança sur le trottoir qui brillait des pluies d'été, et elle lui emboîta le pas.
– Tu m'assures donc, dit-elle presque amusée, que tu ne me demanderas plus rien sur cette histoire ?

Olivier, tout en marchant, fendit l'air de ses mains à plat en plusieurs mouvements saccadés.
– Ah, rien ! Jamais. Fais ce que tu veux, mène l'affaire à terme, accouche de ton père avec ou sans douleur, parle-lui ou ne lui parle pas : je considère que je suis en dehors de tout cela.
– Je te prends au mot.
Le vacarme des moteurs acheva de combler leurs silences.

VIII

La voiture était garée sur un carré de bitume qui n'aurait pas pu accueillir plus de trois véhicules de la même taille. Rosalie coupa le moteur, eut un mouvement de recul qui lui permit de s'asseoir tout au fond du siège, et s'immobilisa. Elle regarda devant elle. Le nez de la voiture venait embrasser une dune toute couverte d'herbes folles qui s'élançaient comme des lianes et que le vent faisait osciller par à-coups. Elles s'immobilisaient parfois une seconde, comme brusquement muettes et inertes, puis reprenaient leur mouvement saccadé, portées par les caprices de l'air. On pouvait deviner que derrière la dune se jetait la mer, mais depuis l'habitacle, Rosalie n'avait pour horizon que celui des herbes qui se courbaient sous le blanc du ciel. Elle ouvrit la fenêtre pour entendre le bruit des vagues, mais elle fut déçue de ne trouver que celui du vent et des mouettes, encore. Le froid lui mordit les joues et elle se demanda s'il était de bon augure d'arriver à marée basse.

Autour d'elle, des parcelles de terrain visiblement à l'abandon encadraient le coin de stationnement ; elle ne savait pas si celui-ci appartenait à la maison qu'elle voyait au loin, sur la droite. Celle-ci s'élevait au milieu d'un champ anarchique, entre la mer et la route, et un certain immobilisme se dégageait de sa silhouette, prise dans le grand vent d'hiver. Elle paraissait tranquille, sans âge, solide et presque à toute épreuve, au fond de son allée. Le cœur de Rosalie se mit à battre lorsqu'elle eut la certitude d'être chez son père.

Elle n'était pas particulièrement émue de voir son allée, sa maison, sa porte d'entrée peinte en vert sapin, ses murs blancs et son toit d'ardoises qui ressemblaient à mille autres et qui pourtant devenaient si singuliers ; mais elle était surtout touchée de découvrir les éléments naturels qui en servaient de décor. Elle avait l'impression, devant ces herbes longues prises dans le sable qui couraient d'est en ouest, d'avoir le privilège de pénétrer dans ce qui le définissait, bien plus précisément que si elle avait parcouru une présentation écrite de son parcours.

« Alors j'y suis, se disait-elle, voilà un peu de lui. » Elle aurait adoré ressentir une forme de familiarité avec l'endroit, mais elle ne trouva en elle rien de tel. Elle pensa simplement qu'il était plutôt poétique et attendrissant qu'un homme qui devait passer tant de temps sur les boulevards parisiens aimât une telle retraite. Sa maison se perdait au bout de l'allée et l'on devinait qu'il n'avait ainsi aucun voisin. D'après ce que Rosalie devinait, aucune ouverture de la maison ne devait donner directement sur la mer, mais en sortant côté porte d'entrée et en franchissant la dune à un des endroits où les herbes

étaient les moins hautes, on devait être assez vite sur la plage. Rosalie scruta la ligne de crête sur sa droite et il lui sembla justement y voir une enclave mal dessinée. Il ne s'agissait pas d'un escalier officiel et clôturé qui briserait la dune, mais plutôt d'une brèche sauvage, un passage qui restait au fil du temps grâce à la fréquence de ses traversées.
Rosalie regarda sa montre. Elle sortit de la voiture et fit quelques pas. En ajustant le col de son manteau, elle essaya de calculer le temps qu'il faudrait pour rejoindre le port des Minimes en partant de cette plage, sur un petit voilier. Le grand vent de ce matin-là venait fausser les calculs. Mais en cas de brise légère, il faudrait peut-être seulement une grosse journée. Elle marcha vers la maison en serrant contre elle sa petite mallette, celle qu'elle prenait d'ordinaire pour les partitions. Elle se demanda si François Comino, qu'elle s'apprêtait à rencontrer, préférait, en regardant son port à lui, imaginer des départs ou des arrivées.

Lorsqu'elle fut devant la porte, elle posa sa mallette à ses pieds et courba la tête pour arranger sa coiffure. Elle remit une épingle que le vent, immédiatement, rendit inutile. Énervée de cette rébellion qu'elle ne pouvait réprimer, elle enleva toutes les attaches de sa coiffure et tenta, de ses deux mains, de plaquer ses cheveux derrière ses oreilles. Elle regarda sa montre une dernière fois.
Elle ne sut si elle devait frapper ou sonner. Elle frappa d'abord, quelques coups, qui lui parurent déjà trop

sonores. Elle attendit, mais personne ne vint. Elle frappa alors plus fort, en se raclant la gorge, par réflexe, comme pour avertir quelqu'un qui aurait été juste à côté d'elle. Elle finit par sonner, une fois. Puis une seconde fois. Rien à faire, il fallait se rendre à l'évidence : le propriétaire de la maison n'y était pas.
Rosalie fit quelques pas. Elle descendit toute l'allée, puis la remonta. « Ainsi, se disait-elle, s'il arrive, il croira que nous arrivons en même temps. » Elle pratiqua cette répétition générale deux ou trois fois. Elle souffla, regarda le ciel. Quelques gouttes se mirent à tomber. Baissant les yeux, elle les vit se déposer sur son manteau et dessiner des ovales sombres sur ses manches. Elle se demanda si elle devait retourner à sa voiture. Elle se ravisa et choisit alors de s'asseoir sur le perron.

À son arrivée, François Comino trouva donc devant sa porte une femme assise comme une enfant, les genoux au niveau du menton et les cheveux aux quatre vents. Elle était recroquevillée sur elle-même dans l'angle de la porte, sur la gauche, et évoquait, le front baissé, les élèves punis que l'on exclut de la classe. Au volant de sa voiture, il fit rouler des graviers mêlés de sable en faisant un virage serré devant sa porte, pour se garer. Il se précipita vers elle, se confondant en excuses.
– Ah ! Je suis navré, je suis impardonnable. Je vous avais dit neuf heures et demie, c'est vrai, et j'aurais bien mieux fait de vous dire dix heures et demie, au moins ! J'avais un rendez-vous important au sujet d'un appartement

parisien, qui n'est pas à moi, enfin, qui l'était, mais que j'ai revendu : c'est une longue histoire. C'est fini, c'est presque fini. Mais regardez-vous ! Vous êtes trempée. Ces petites pluies de janvier sont traîtres. Elles n'ont l'air de rien, mais elles attaquent si profondément que l'on croirait, si on les affronte, être mouillé jusque sous la peau. Il fallait m'attendre dans votre voiture !
Rosalie se leva et, comme il avait ouvert la porte tout en parlant, elle le suivit à l'intérieur. François marqua un temps, en la regardant. Il reprit :
– Vous êtes la journaliste, n'est-ce pas ? De France Culture. Vous êtes… Rosalie ? Rosalie Colette ?
– C'est cela, fit-elle gravement.
– C'est donc pour les trois entretiens.
– Voilà. Trois entretiens, chacun à un mois d'intervalle. Un aujourd'hui, un en février et un en mars. À ce propos, nous n'avons pas arrêté de jour précis, pour les deux autres. Février et mars. Il faudra le faire.
– Bien sûr, bien sûr, répondit-il en levant les deux mains comme pour pousser vers elle tout son temps libre. C'est pour une diffusion à quelle date ?
– Une chronique de printemps. C'est un nouveau concept. Le triptyque avec une personnalité.
– Tout à fait, tout à fait. Au téléphone, vous m'avez parlé de mai. C'est bien ça, c'est mai ? Ah ! Avril, mai, juin, quelle différence. Je trouve l'idée excellente. La presse papier se contente souvent d'une interview à un instant précis. Cela donne l'illusion d'une simultanéité, peut-être. Les lecteurs de janvier lisent des mots de janvier et

tout le monde est content. Alors que le fait d'entendre au printemps, une fois toute la tournée terminée, des impressions recueillies à trois moments différents de l'hiver… C'est excellent, vraiment.
Il regardait vers sa gauche, d'un air rêveur. Il revint vers elle :
– C'était votre idée, mademoiselle Colette ?
– Appelez-moi Rosalie. Non, ce n'est pas mon idée. C'est une commande de May Botello, dans l'équipe de rédaction, et j'ai insisté pour que ce soit moi. J'aime beaucoup ce que vous faites. Je commence à bien vous connaître.
– C'est effrayant, dit-il en acquiesçant, tout ce monde qui me connaît bien et que je ne connais pas.
– J'imagine. C'est un déséquilibre.
– Vous avez vu ma dernière pièce ?
– Le *Dom Juan*. J'étais là le soir de la première.
– La première ! Mademoiselle, je regrette que vous n'ayez pas vu la représentation de Villeurbanne. C'était la meilleure.
– Oh ! dit-elle simplement.
– Bien, bien, dit-il en regardant autour de lui.
– Quand May nous a expliqué, pour le triptyque de l'hiver… Je me suis portée volontaire.
Il acquiesçait, plein d'un enthousiasme rêveur.
Rosalie courba un peu le dos, sans bouger. Elle était debout, derrière cette porte verte, frigorifiée, trempée des pieds à la tête, et pourtant, elle aurait tout donné pour ne jamais avoir à amorcer un déplacement. Elle

semblait craindre qu'un geste brise la magie de son mensonge, casse le plan qu'elle pensait infaillible. Alors, elle jouait à attendre. Des gouttes de pluie coulaient sur son visage, déposées par sa frange trempée qu'elle n'osait pas secouer.

– Mais suis-je bête, fit-il en se frappant le front, vous êtes trempée. C'est vrai ! Ah ! Je ne fais rien dans l'ordre, attendez.

Il partit quelques minutes et elle l'entendit dire de loin, tout en cherchant quelque chose :

– Je suis incorrigible ! Je suis en retard, vous êtes plus humide que si vous étiez tombée en mer et je vous parle déjà de travail. Allons, c'est ici. Voilà.

Il revint et lui tendit une grande serviette de bain.

– C'est une serviette de plage normalement, dit-il. Je m'en sers rarement. À vrai dire, je ne m'en sers jamais. Je me demande même pourquoi j'ai une serviette de plage. Non que je n'aime pas la mer ! Je suis un amoureux de la mer. La mer m'apaise, me rassure, me console de tout. C'est pour ça, la maison, ici. Vous avez trouvé facilement ?

– Oui, dit simplement Rosalie, qui enlevait son manteau et entreprenait de s'essuyer les cheveux en penchant la tête d'un côté, puis de l'autre.

– Ma pauvre. On aurait dit une enfant perdue. Ou alors… Savez-vous à qui le spectacle de votre attente recroquevillée devant la porte me fait penser ?

– Non.

– À ma fille.

Rosalie sursauta, ce qui accéléra la chute de quelques gouttes sur son épaule gauche.
– Je vous choque peut-être, continua-t-il. Oh ! Je vous en prie, je ne veux pas vous embarrasser ! Simplement, dit-il très tranquillement, il est arrivé à ma fille, comme il arrive à tous les enfants, d'oublier ses clés les jours où elle devait rentrer avant nous. Pour déjeuner, notamment. Lorsqu'elle était au collège, elle ne mangeait pas à la cantine et préférait revenir à l'appartement. Elle oubliait sa clé à une fréquence bien excessive, ou excessive pour moi, en tout cas, puisqu'il semblait que ce n'était pas suffisant pour la dissuader de rentrer chaque midi, ni pour l'encourager à ne jamais plus oublier sa clé. Lorsque je revenais déjeuner vers treize heures, je la trouvais dans le hall de l'immeuble. C'était à l'intérieur, au moins, elle n'était pas trempée, mais elle était assise, comme vous aujourd'hui, appuyée contre un des montants de la porte.
Rosalie enleva son manteau et son écharpe. François la regarda, puis il chercha maladroitement quelque chose dans un placard. Il lui tendit un cintre.
– Je ne suis pas toujours très doué, pour toutes ces choses-là, dit-il avec entrain.
– Ces choses-là ?
– Oui, l'accueil, la réception, la conversation. Je me sens toujours très mal à l'aise lorsqu'il s'agit de me comporter au mieux dans une situation sociale banale.
– Ah ! dit-elle doucement, je ne crois pas que nous soyons dans une situation sociale banale.

Il eut un petit rire, puis la regarda dans les yeux. Il était étonné de cette voix grave, de la force de ce regard qui semblait attendre quelque chose de très important, et qui, pourtant, était tout rempli d'une curieuse timidité.

– Peut-être, reprit-il… Je voulais dire, enfin je veux dire que… je peux oublier l'heure, oublier la serviette de plage et le cintre, oublier de répondre et oublier de sortir un vase pour les fleurs, et pourtant, j'ai une excellente mémoire pour les choses qui comptent. Je peux avoir des éclairs de génie, par moment, et je les appelle ainsi par convention et non par orgueil : des fulgurances, des idées brusques qui changent tous mes projets, tout mon parcours. Et pourtant, au quotidien, mon cerveau patine parfois à vide. Au téléphone, par exemple. Je déteste le téléphone. Lorsque vous m'avez appelé, j'ai fait au plus court, j'ai prétexté que j'étais très pris : ce n'était pas pour gagner du temps, mais parce que la conversation téléphonique a sur moi un effet paralysant qui m'embarrasse autant qu'elle me tétanise.

– Ça ne s'entendait pas, répondit Rosalie.

Elle le regarda et pensa à ce jour, à cet appel, quelques jours avant Noël. Ses mains tremblaient, ses oreilles bourdonnaient, elle s'était préparée à cet échange avec autant de soin que si elle s'était présentée à un concours d'entrée. Elle était plus blême qu'avant un concert et lorsqu'elle avait raccroché, elle avait senti tous ses muscles raidis et crispés, comme lorsque l'on subit un accident. Et elle apprenait à présent qu'à l'autre bout du fil, celui qui la mettait dans de tels états cachait sa nervosité à grand renfort de manque de temps.

Juste après le soir de la première, elle s'était rendue dans la librairie-presse de la rue Saint-Sauveur et elle avait acheté un petit carnet vert, à spirale. C'était devenu le carnet de son entreprise. Pendant tout un été, tout un automne, elle avait eu l'impression d'être une stratège de grande bataille. Elle avait imprimé des interviews du metteur en scène, des portraits, des critiques, elle avait tout étalé sur le sol dans son salon un samedi où Constance était gardée par Gaëlle. Alors qu'elle avait évité de le faire avant la première de *Dom Juan*, elle avait brusquement décidé de tout consulter. Elle avait écouté toutes les émissions dans lesquelles il était intervenu, cherché les podcasts dans lesquels il parlait d'océan, d'acteurs et de littérature. Elle avait listé toutes les possibilités qui s'offraient à elle. Elle avait élaboré un plan, le plan qui lui paraissait à la fois extrêmement simple et riche en défis.
Il lui semblait que ceux qui avaient le plus de chance, dans cette histoire, étaient les journalistes qui avaient recueilli tous ces propos qui s'étalaient sur son parquet. Elle les enviait, le soir dans son lit. Ils n'avaient aucun lien avec lui, ils n'en avaient même peut-être rien à faire, et pourtant ils avaient pu passer du temps, face à lui, dans une même pièce, pour le questionner. Ils avaient eu le privilège de l'interroger de manière directe et sur ce qu'ils voulaient, tandis que le questionné s'était sûrement prêté au jeu de bonne grâce, souriant, attendant

même l'interrogation à venir, donnant tout pour développer au mieux, s'expliquer lui-même, mettre au jour le plus fort de ses aspirations, de ses doutes, de ses projets ! La jalousie qu'elle éprouva à leur égard devint le moteur de son plan d'attaque.
Elle se souvenait parfaitement du nom du journaliste que connaissait Olivier : elle le contacta pour lui demander l'adresse mail de François Comino. Elle l'avait senti hésiter et lui avait dit qu'elle souhaitait contacter le metteur en scène pour savoir s'il était ouvert à une petite master class en art dramatique au conservatoire, parce qu'elle y travaillait et qu'une collègue le lui avait demandé ; elle pouvait donner le nom de cette collègue et fournir une preuve de sa fonction. Ainsi, elle ne mentait qu'à moitié. C'était alors facile de parler avec aplomb. Le collègue d'Olivier ne chercha pas plus loin et ne demanda jamais de document ou de preuve quelconque. Il lui donna l'adresse un soir, juste avant la rentrée. Elle fut immédiatement capable de s'en souvenir par cœur, comme cela arrive lorsque l'on nous donne une brève information que nous attendions depuis longtemps. Dès lors, elle n'eut plus que cette idée en tête, jour et nuit. Lorsqu'elle faisait cours, elle ne pouvait empêcher son esprit de voyager vers les lettres unies autour d'un point et d'une arobase, comme une formule magique qu'elle aurait possédée en secret alors qu'elle devait vivre dans le monde. Elle avait la clé de quelque chose, il suffisait de l'utiliser ; mais Rosalie Sauvage n'était pas de celles qui se précipitent vers un clavier, à moins qu'il s'agisse de celui

d'un piano. Il fallait attendre, il fallait préparer. Ainsi, patiemment, elle inventa plus qu'elle n'échafauda ce que serait leur rencontre. Elle se sentait fébrile et réjouie, toute puissante, elle avait l'impression d'être l'autrice d'un film qui s'apprêtait à être réalisé. Le plus dur avait été de mentir à Constance, qui avait bien remarqué que sa mère était dans tous ses états, qu'elle collectait fébrilement des informations et qu'elle écrivait sans cesse sur ce petit carnet vert auquel elle n'avait pas accès. Rosalie craignait que sa fille ne s'imagine n'importe quoi, car Constance était non seulement perspicace mais aussi douée d'une force d'imagination débordante. Elle aurait pu croire que sa mère tombait amoureuse et cherchait à contacter un amant caché ou bien qu'elle était fichée au grand banditisme et qu'elle réunissait son équipe en vue d'un gros coup à venir.

– C'est un ami d'Olivier, dit-elle un matin à sa fille. Je l'ai retrouvé. Ils se sont disputés, tous les deux, Olivier ne veut plus entendre parler de lui. Mais moi je sais qu'au fond, ils s'aiment beaucoup. Je le retrouve sans le lui dire, et ainsi, je pourrai les pousser à se réconcilier.

Constance fut très étonnée de voir sa mère faire tant de cas de l'ami du voisin du dessous. Mais elle savait qu'il y avait chez elle une empathie à toute épreuve et elle accepta donc cette explication, espérant même, avec son optimisme d'enfant, que cet ami oublierait tout conflit, et que sa réconciliation avec Olivier serait si fracassante qu'ils organiseraient une période de festivités prolongées dans l'appartement, auxquelles elle pourrait participer.

– Nous pouvons nous installer ici, proposa son père en tendant le bras. Dans le salon. Je dis « le salon », comme s'il s'agissait d'une vraie maison.
– Ce n'est pas une vraie maison ? demanda Rosalie alors qu'il s'avançait devant elle.
Il s'immobilisa et se retourna pour la regarder.
– Si, dit-il en souriant, bien sûr, c'est une vraie maison. C'est drôle. J'ai toujours l'impression qu'elle est un peu différente. C'est une île, c'est autre chose. Peut-être parce qu'il ne s'agit pas de mon appartement de la rue de Rome.
– Vous l'habitez pourtant depuis longtemps !
– C'est vrai, dit-il en se passant la main sur la barbe.
– Quinze ans, presque.
– Effectivement. Vous le savez ?
– Je vous ai lu.
– Ça m'arrive, c'est vrai, de l'évoquer. Pas souvent, parce que je ne veux pas que tout le monde m'associe à cette maison. On me décrit souvent comme un vieux, comme un artiste presque démodé, parce qu'à notre époque, il faut innover, toujours, et les gens me cherchent sur le moindre manque d'innovation quelque part. Alors, pensez-vous, si je deviens le vieil auteur breton échevelé, le grand-père ermite du bord de mer… Les affaires sont finies !
– Vous l'êtes ?
– Fini ?
– Non. Grand-père.
– Non.

Rosalie hocha la tête.
– Mais ça aussi, vous le saviez, mademoiselle.
– Effectivement, dit-elle d'un ton détaché.
Il la regarda du coin des yeux. Il reprit :
– Quand j'ai trouvé cette maison, j'étais dans un moment de vie qui me tordait, qui prenait tout de moi, un moment où je me sentais comme ces torchons que l'on ne craint pas d'essorer avec un peu trop de force au-dessus de l'évier. Parfois, je pense même qu'il aurait pu me tuer. J'étais une ombre qui avait besoin d'air, désespérément besoin d'air. Et du plus loin que je me souvienne, j'ai aimé la mer. Je suis pourtant né à Paris, mais il y a dans l'horizon marin quelque chose d'hypnotique qui me séduit toujours.

Il fit quelques pas vers la plus grande pièce de la maison, qui donnait sur le jardin. Les yeux de Rosalie ne cessaient de faire des va-et-vient entre son hôte et le décor qui l'entourait. Elle trouvait qu'il y avait dans cet endroit, au contraire, quelque chose qui en faisait la plus vraie des maisons. Une maison qui ressemblait, en tout cas, à une maison idéale. Derrière les portes vitrées, le jardin endormi dans l'hiver oubliait d'être figé par le froid, grâce à la force du vent. Elle regarda la grande table pleine de taches et d'écorchures, celles qui rendent le bois si vivant et si noble. Son regard s'attarda sur les cahiers ouverts et les livres qui semblaient dispersés çà et là, d'un bout à l'autre de ce grand plateau accidenté. Il restait une tasse vide et une petite cuillère devant une chaise que l'on avait reculée loin de la table sans la remettre en place ensuite. Devant elle, deux fauteuils étaient, de manière curieuse et anarchique, tournés dans des directions opposées. Ils semblaient confortables mais très lourds, vieux sans doute ; leurs accoudoirs de cuir étaient usés.

Elle avait imaginé quelque chose de plus épuré, de plus noble peut-être, mais elle trouva à ce joyeux fouillis un air de sincérité et d'humanité qui la charmait.

– Je suis désolée de vous avoir fait faire de la route, s'excusa-t-il en ouvrant les bras. Pour vous, il aurait été plus simple de nous voir à Paris. Si je vous ai proposé cela, c'est parce que l'idée me plaisait. Je trouvais qu'il y avait là une originalité qui correspondait bien à votre projet singulier de rencontres en trois fois. Votre démarche était de connaître le vrai François Comino. Ici, j'ai l'impression que vous aurez plus facilement accès à lui que si nous nous entretenons au théâtre ou même dans mon appartement.

– Vous pensez, demanda-t-elle avec curiosité, qu'il y a des endroits où vous êtes François Comino et des endroits où vous ne l'êtes pas ?

– Je pense, répondit-il après avoir réfléchi quelques secondes, que selon notre décor, nous sommes plus ou moins sincères. Nous ne livrons les méandres de nos profondeurs que lorsque nous sommes chez nous.

– Ici, vous vous sentez chez vous ?

– Ah ! Je suis amarré à cette maison. J'y ai déposé mes larmes endeuillées et mes secrètes espérances. J'y ai

réfléchi, j'ai élaboré ici toutes les mises en scène que j'ai faites ces quinze dernières années. J'y ai pris de grandes décisions. Ici, j'ai choisi des acteurs, avec plus de discernement et d'efficacité que si je l'avais fait dans le vacarme de la capitale. Dans le silence, adossé aux vagues, j'ai fait ce que j'appelle mes *retraites de réflexion*. C'est sans doute prétentieux. On dirait que je me prends ou que je me suis pris pour un penseur, un philosophe, un intellectuel. Alors que moi, j'ai plutôt l'impression du contraire. Parce que « mes retraites de réflexion », c'est une expression qui indique que j'étais incapable de réfléchir sans me retirer. Que mon cerveau, pour tourner, exigeait un calme qui, pour d'autres, n'est pas nécessaire. Mes neurones ont leurs caprices d'acteurs, eux aussi. Ils n'exigent pas une certaine marque d'eau minérale dans leur loge, mais ils donnent le meilleur d'eux-mêmes si on veut bien prendre l'autoroute et les mettre au calme, collés au bruit des marées descendantes.
– C'est parfait, assura Rosalie.
Elle sortait de sa mallette de quoi noter et un dictaphone.
– J'ai besoin des deux, le son et le papier, dit-elle avec assurance. Le dictaphone me fait toujours un peu peur. Je trouve que ça fige l'échange, ça le raidit, comme ces vêtements en lin après le lavage. Mais c'est indispensable. Si j'écris en parallèle, cela permet de faire oublier un peu que nous sommes enregistrés. Je fonctionne toujours comme ça. Faites-moi confiance.
Il fit un petit signe de la tête en baissant les yeux. Il semblait indifférent à ce qui resterait de ces discussions qu'il

avait acceptées à peine le premier mail reçu. Il était ravi de voir que des journalistes s'intéressaient encore à lui, lui proposaient encore des articles. Il avait surtout été charmé par cette idée de triptyque. Il aimait l'originalité avec laquelle cette journaliste abordait la chose, il y voyait une forme de recherche artistique qui lui plaisait beaucoup. Il était enchanté à l'idée de parler de lui. Il savait qu'il était bon dans cet art. Il entreprit de mettre les deux fauteuils face à face. Rosalie déposa ses affaires sur la table.

– Je préfère rester debout, dit-elle d'un ton tranquille.

Il parut embarrassé : il regarda les fauteuils, puis la table, et tenta de ranger les mèches de cheveux qu'il laissait pousser de manière anarchique.

– Mais vous pouvez vous asseoir, vous, dit-elle.

– Là ? Dans le fauteuil ?

– Ou à la table. Comme vous voulez. Pour l'instant, j'ai besoin de rester debout. Ne le prenez pas mal. Je suis habituée.

– Mais pour écrire ?

– Parlons d'abord. J'écrirai après.

Elle enclencha le dictaphone et le posa sur la table. La petite lumière rouge s'alluma et François Comino mit ses mains dans ses poches, comme pour y chercher un semblant d'assurance. Il les ressortit vides. Il resta alors debout face à cette femme qui lui paraissait décidément hors du commun mais dont il appréciait la solidité discrète. Il alla vers la fenêtre, jeta un œil vers le ciel, puis se retourna et s'adossa contre la porte vitrée. Rosalie lissa sa feuille du revers de la main, appuya son crayon sur ses lèvres, puis le regarda d'un œil perçant. Elle se tenait très droite, comme une danseuse avant le salut. Elle ne tremblait pas et semblait attendre que la concentration l'envahisse comme on sent monter l'ivresse. Elle laissa s'installer un silence puis elle prit son inspiration. Dehors, l'averse devint plus dense encore. Les gouttes, toutes serrées, venaient se jeter contre les fenêtres, tout autour d'eux. La pluie se plaisait à créer le chuchotement du trente-trois tours qui se met à tourner. Voilà ce qu'elle eut le temps de penser avant de faire résonner sa voix dans la pièce.

IX

– Quel petit garçon étiez-vous, François ?
Elle le regardait, impénétrable. Il s'aventura à sourire sans être certain de choisir son cap.
– C'est ma première question, dit-elle, comme pour s'excuser. J'ai une liste de questions très précises. Elles vous surprendront peut-être.
Le metteur en scène haussa les épaules. Regardant brusquement le sol, il répondit en levant les sourcils, reprenant contenance :
– J'aime toutes les questions, j'attends d'être surpris : je crois qu'en quarante ans de carrière, on m'a un peu tout demandé. Je ne veux paraître ni supérieur, Rosalie, ni blasé, simplement, je me permets de vous avertir : je ne suis plus un homme que les journalistes étonnent.
– Tant mieux, répondit-elle en gardant le buste droit. Alors, j'attends.
– Vous attendez ?
– Une réponse. Quel petit garçon étiez-vous ?
Il eut un soupir et se passa la main sur le menton.
– J'étais un drôle de petit garçon, j'imagine. J'étais fasciné par tout ce que je pouvais apprendre de neuf, pourvu

que cela ne soit pas ce que l'on apprenait à l'école. Je n'aimais pas vraiment l'école. Je n'y étais pas mauvais. Mais je prenais toujours garde à ce que mes résultats soient sur le fil. Jamais assez bas pour affoler ma mère, jamais assez haut pour que je devienne brillant. Pas parce que je ne voulais pas être brillant, j'aurais certainement aimé l'être. Mais surtout parce que cela ne m'intéressait pas. Je ne voulais obtenir aucune félicitation dans ce monde académique qui me semblait ridicule. Alors, à la place, dès que le soir venait, je partais me promener à vélo. Nous habitions dans la campagne. Autour de notre maison, il y avait de nombreux sentiers qui sentaient la poussière blanche et la carotte sauvage. J'adorais aller jusqu'à La Muette. C'était le nom d'une ferme, il y avait une petite pancarte en noir sur blanc à l'entrée, que venaient confirmer de grandes lettres peintes de toutes les couleurs sur la boîte aux lettres. Je me suis toujours imaginé que la femme qui y vivait était vraiment muette. Je ne lui ai jamais parlé, elle me faisait peur. C'est idiot, parce qu'en grandissant, j'ai évidemment supposé que cette femme parlait aussi bien que vous et moi.
– Ce n'est pas idiot.
Un sourire léger comme un bout d'enfance passa sur son visage.
– Avant La Muette, dit-il encore, il y avait un chemin tout bordé de haies et d'arbres si sauvages et touffus que leurs branches se rejoignaient, au-dessus de ma tête. Mon tunnel de la Muette. Il était rare d'y croiser qui que ce soit. Au mois d'avril, des milliers de petites jacinthes

des bois venaient décorer les bordures du sentier du tunnel. Si l'on pédalait très vite, on ne distinguait plus leurs clochettes et on avait l'impression de confettis indigo qui brillaient, confusément dispersés à gauche et à droite. Je prenais le tunnel de la Muette tous les soirs, parfois simplement pour avoir l'impression qu'il me mènerait quelque part, ailleurs. Puis je revenais. Un jour, j'avais raconté à ma mère qu'il s'était fermé derrière moi, qu'il n'existait plus et qu'il faudrait désormais, pour aller jusqu'à La Muette, creuser sous une jacinthe des bois afin de construire un grand tunnel, un vrai cette fois, un tunnel au toit de terre qui remplacerait le tunnel au toit de branches.
– Et qu'avait-elle dit ?
– Qui ?
– Votre mère.
– Ma mère était la plus grande partenaire de mes rêveries. Elle m'avait caressé les cheveux et elle m'avait dit qu'on le ferait. On creuserait le tunnel. Elle avait des mains magiques, avec de très grands doigts. Elle disait qu'elle pouvait même les agrandir en cas d'urgence. Pour me caresser les cheveux, pour mettre en boule la pâte sablée des tartes aux pommes et pour me protéger des orages et des fous. J'en avais déduit que ces doigts magiques seraient très pratiques pour creuser le tunnel de la Muette.
Il s'arrêta une seconde et eut un petit rire qui ressemblait à un soupir. Il ajouta :
– J'aimais le vélo et les sous-bois, j'aimais l'astronomie, j'aimais la photographie, je faisais partie d'un club à

l'heure du déjeuner. Mon activité favorite consistait à développer les photos dans la chambre noire. Ainsi, à l'heure où les autres portaient leurs plateaux de cantine et jouaient au ballon dans la cour entre deux buts aux filets vingt fois raccommodés, moi, je suspendais des instants de vie avec des pinces à linge en plastique. J'avais l'impression que j'accomplissais quelque chose de miraculeux, presque magique aussi, je me disais que quelqu'un avait figé un regard sur quelqu'un d'autre et que j'avais le pouvoir, moi, de faire sécher ce regard-là sur un fil comme j'aurais accroché une taie d'oreiller. Ce n'était pas le plaisir du voyeur que je ressentais, je me moquais bien de ce que l'on voyait sur ces photos. C'était le plaisir du créateur. Je donnais vie à ces photos en les faisant passer de bassine en bassine et en les accrochant sur le fil qui courait d'un bout à l'autre de la pièce. À l'aide de ce qui ressemblait à un rituel de sorcellerie, je faisais exister des visages, une dispute, une étreinte. Je me sentais incroyablement puissant et rempli de pouvoirs que la démesure de mon projet rendait divins, dans la lumière rouge artificielle, loin du soleil et du monde extérieur. J'aurais pu passer ma vie dans cet univers de matérialisation de souvenirs.

– Vous preniez des photos, vous-même ?

– Très peu. Je photographiais surtout des objets, des endroits. J'avais toujours un peu peur de photographier ma mère. Je craignais que la photo ne lui rende pas justice. Ou plutôt, je savais déjà, je crois, que la photo ne serait pas à la hauteur de tout ce qu'elle était pour moi. Je

la voulais tout entière pour moi. Je ne voulais pas l'offrir aux autres, à l'objectif.
– Mais, dit Rosalie en fronçant les sourcils, vous pouviez avoir envie de figer quelque chose d'elle juste pour vous. De prendre une photo que vous auriez gardée, vous.
François fit non de la tête, avec une petite moue.
– Je ne voulais pas. Je ne voulais pas garder un moment figé d'elle, parce que ma mère ne pouvait rentrer dans un cadre. C'est d'ailleurs pour cela qu'elle me passionnait. Personne n'aurait pu réaliser son portrait exact, personne n'aurait pu la décrire, la dépeindre, d'une manière fidèle et correcte. Je crois que j'aimais l'astronomie au même titre. J'aimais les étoiles autant que ma mère, parce qu'elles étaient, comme elle, terriblement lointaines et belles, protectrices et secrètes, vivantes et imprévisibles. Fières de leurs mystères. Les photos des étoiles sont toujours décevantes. Fades et trop éloignées de ce qu'elles sont pour nous lorsque nous sommes vraiment devant elles, entourés de leurs lumières. Elles restent imperméables à l'effet de réel.

Rosalie, lentement, tira une chaise de la table, s'assit pour quelques mots, puis posa à nouveau son crayon. Elle caressa du bout du doigt ses feuilles et sa liste de questions. Elle attendit un peu, en pianotant distraitement sur le bord de la table. Elle avait l'impression que la voix qu'elle entendait dans ce salon n'était pas exactement celle qu'elle avait écoutée au micro des journalistes ; elle était moins grave, moins sérieuse, et pourtant,

il y avait en elle la douceur et la passion qu'elle attendait. Il semblait encore plus convaincant, en étant vraiment là, plus vulnérable aussi, plus petit, comme un peu plus mortel.
Il se retourna pour regarder dans le jardin.
– Votre mère, reprit-elle, que pense-t-elle de vos pièces ?
François Comino, toujours tourné vers la fenêtre, eut un petit mouvement d'épaules.
– Ma mère est morte. Ça fait longtemps. Elle a vu… Elle a vu deux de mes pièces. Les deux premières. Celles que j'avais créées avec ma toute première troupe, le « Théâtre des lignes ». Il s'agissait de pièces que j'écrivais moi-même. J'étais plein de cette folie que seule donne la jeunesse, cette ambition déraisonnable d'être à la fois l'auteur, le metteur en scène et l'acteur. J'écrivais des pièces graves et un peu tristes, parce que je trouvais qu'il y avait en elles tout le sérieux avec lequel je voulais être considéré. Ma première pièce s'appelait *Et ceci même la nuit*. Il s'agissait d'un dialogue amoureux, entre un mari et sa femme, malade, au bord de la mort. Ma mère l'avait vue et elle m'avait félicité, mais je crois que cette pièce contenait une fièvre d'émotions qu'elle ne laissait pas entrer au-dedans. La pièce n'a pas très bien marché, évidemment, rien à voir avec ce que j'ai pu connaître, ensuite. Je ne me souviens plus combien de fois elle a été représentée. Peut-être une dizaine. Oh ! Peut-être même moins.
– Et la deuxième pièce ?
Il se tourna vers elle en souriant.

– Ah ! La deuxième était une pièce musicale. Là, je ne jouais plus. J'avais compris que j'étais assez mauvais acteur pour donner le plateau seulement aux autres. Il y avait trois musiciens qui travaillaient avec nous, un pianiste, un bassiste et un violoniste. La pièce racontait l'histoire d'amour terrible d'un artiste, un compositeur. Il se rend compte qu'il aime la fille de la femme qu'il a pour maîtresse depuis des années. Étourdi par cette passion qu'il ne peut contrôler, il devient incapable de composer. Il est paralysé, figé dans son art, empêché, envahi d'un amour dont il souffre. J'aimais bien cette pièce. Je trouvais qu'il y avait dans le jeu de mon personnage principal quelque chose de déchirant, d'universel, qui me touchait beaucoup. Et le lien avec la musique me plaisait. J'ai d'ailleurs souvent mis des musiciens sur mon plateau, et lorsque je l'ai fait, j'ai toujours eu l'impression de rendre hommage à cette création d'il y a plus de quarante ans.
– *Comme la mort*, dit Rosalie comme une évidence, en plissant les yeux.
– Le titre ! Vous le savez ? Vous l'avez lue ?
– Non, dit simplement Rosalie. Mais vous en parlez parfois.
– C'est vrai.
Il avait parlé avec étonnement, et il n'aurait pu dire lui-même s'il était surpris de découvrir qu'elle le devançait en donnant le titre ou d'apprendre l'allusion fréquente qu'il avait pu lui-même en faire.
– On me parle peu de ces premières pièces, parce que leur accueil critique n'a rien à voir avec les suivantes. On

revient surtout sur mon Marivaux pour l'Avignon off. Ou sur mes nominations. *Comme la mort*, c'est comme un petit dessin d'enfant qui ne compte pas.

– Pourquoi, d'ailleurs ? demanda-t-elle. Pourquoi ce titre ?

– Ah… soupira le dramaturge. Parce que l'intrigue ressemble beaucoup à un roman de Maupassant, qui est peu connu, mais qui me plaît, *Fort comme la mort.*

Il plissa les yeux et sembla fouiller dans sa mémoire. Il ajouta :

– Je crois que le titre, c'est pour la formule « l'amour est fort comme la mort ». Oui, cette deuxième pièce avait davantage frappé ma mère que la précédente. Pour moi, cette pièce est un très joli souvenir.

– Le croyez-vous ?

– Qu'elle soit un très joli souvenir ?

– Non. Que l'amour soit fort comme la mort.

– Moi ?

– Vous.

Elle le sondait en le fixant, s'accrochant à la table comme à un bastingage. Il esquissa un sourire.

– Au moins, dit-il, j'aime cette formule, parce que ce n'est pas le naïf « l'amour est plus fort que la mort » qu'on a dans les chansons. Ça c'est n'importe quoi.

Elle le regarda. Il lui sembla à la fois très jeune et très vieux, tout à coup. Il tenait ses bras croisés devant lui.

– Avez-vous peur de la mort, François ?

– Non.

– Mais, mais, reprit-elle, vous y pensez ?

Il la regarda avec amusement.
– Mademoiselle, dit-il comme une évidence. Tout le monde pense à la mort.

Elle regarda la bibliothèque. Elle se leva alors et se dirigea vers les livres. Sa main, distraitement, se promena sur ceux qui étaient à sa hauteur.
– Ne cherchez pas d'ordre, dit-il derrière elle. Il n'y en a pas. Je les range sans me soucier de l'alphabet. Parce que cela prendrait trop de temps. Je préfère l'anarchie. Je préfère que ce soient eux qui viennent vers moi.
Elle eut un sourire.
– Et pour les retrouver ? demanda-t-elle.
– Je ne les retrouve pas. Je ne cherche jamais un livre précis. Souvent, d'ailleurs, je ne me souviens plus de ceux que je possède et de ceux qui me manquent. C'est plutôt l'inverse.
– L'inverse ?
– Oui : c'est moi qui me promène avec eux, sans chercher un titre. Je dors très mal. Ça va avec la vieillesse. Vous le savez ?
Elle répondit sans se retourner.
– Il paraît.
– Parce que moi, continua-t-il, je ne savais pas. Je ne m'y attendais pas. On s'attend à l'arthrose, aux cheveux blancs, mais pas aux nuits sans sommeil. Au début, ça surprend. Dans mes nuits d'insomnie, je vais parfois voir la mer, et parfois voir les mots. Je me mets comme vous, face aux livres, j'en prends un au hasard, je suis

tout content de me rendre compte que je l'ai. Et je le lis. C'est agréable comme une bonne nouvelle. Vous n'aimez pas les bonnes nouvelles ?
Rosalie se tourna vers lui.
– En réalité, je ne sais pas. Je n'aime pas les nouvelles, en général.
Elle haussa les épaules devant sa surprise, amusée. Il montra ses paumes de mains, comme pour se défendre de vouloir la contredire.
– Je n'aime pas, reprit-elle, que l'on vienne me cueillir à un moment où je ne l'attends pas. Tout ce qui me surprend me dérange. J'ai souvent peur de ce que l'inconnu me réserve, j'ai peur de penser à tout ce grand vrac qu'il me faudra affronter.
– Eh ! dit-il. C'est un point de vue. Oh, moi… J'ai surtout peur que plus rien ne me surprenne vraiment. Toujours j'espère le renversement, le retournement de situation, j'ai envie de saluer l'auteur de mon hasard quotidien. De me dire que mon destin a plus d'un tour dans son sac.
– C'est pour ça que vous aimez la mise en scène ?
– Sûrement. Oui, oui. C'est très possible.
Il eut une petite toux et s'assit dans le fauteuil, en la regardant.
– Je veux dire que lorsque je mets en scène, lorsque j'ai mis en scène, j'ai toute ma vie eu le fantasme d'avoir un contrôle sur le destin des autres, à défaut de l'avoir sur le mien. De ça, je suis très conscient.
– Une ambition, un désir, un peu orgueilleux ? Tirer les ficelles ?

– Non, dit-il avec résolution en secouant la tête. Oh ! Je ne crois pas. J'ai eu bien des orgueils, mais pas celui d'être le grand marionnettiste. Je voulais juste avoir le plaisir d'organiser, mais j'étais bien conscient que je n'organisais rien de réel. Je n'ai jamais perdu de vue le fait que tout était faux. Que tout était un jeu. Ou que tout « avait du jeu », vous savez, comme les deux planches d'une armoire que l'on voudrait monter et qui ne sont pas d'équerre. Le jeu était dans la distance, monumentale, implacable, avec la vraie vie. Je savais très bien que mon contrôle n'était que sur des lignes de fiction.

– En êtes-vous certain ?

– Oui ! Certain… Oui…

Il eut l'air de ne plus être certain de rien.

Elle écrivit quelques mots puis posa à nouveau son stylo. Elle prit le dictaphone toujours allumé et le glissa dans sa poche.

– Vous parlez de fantasme et de destin des autres, dit-elle avec gravité.

– Oui.

– Pensez-vous que vous ayez pu influer, concrètement, directement, sur le destin d'un autre ou d'une autre ?

Il marqua un temps et regarda la porte, à côté d'elle. Il pencha la tête sur le côté.

– Je ne sais pas. J'allais dire « Je l'espère », mais finalement, j'ignore si je l'espère vraiment. Je crois que si c'est le cas, je préfère ne pas y penser. Il serait vertigineux d'apprendre que j'ai pu, à tel ou tel moment de ma vie, dans ce fou croisement d'existences que permet mon métier, comme la plupart des métiers artistiques, avoir un impact sur l'histoire de quelqu'un d'autre.

Puis, après un silence pendant lequel Rosalie restait immobile, il ajouta :

– J'ai souvent l'impression de traquer les histoires des autres, de m'en nourrir, de m'en inspirer. Dans mon *Dom Juan*, enfin, ce n'est pas le mien, mais celui que vous avez vu : j'ai glissé mille inspirations que j'ai recueillies ailleurs. La fameuse tirade de l'hypocrisie, vous savez, « l'hypocrisie est un vice à la mode ». Eh bien ! Je vous raconte. Il y a dix ans, un agent immobilier m'a fait visiter cette maison. Cette maison-là. Je ne l'avais jamais vu, et je l'ai rencontré un matin pluvieux, comme aujourd'hui. Il avait une cinquantaine d'années, des cheveux coiffés sur le côté, il portait un costume juste ce qu'il fallait de trop raffiné pour vendre des biens dans la campagne bretonne, et pas assez élégant pour aller dans une agence de grande ville. Il me montrait tout en souriant de toutes ses dents, follement antipathique et, en même temps, attendrissant de conviction. Il me donnait de grandes leçons sur la vie, sur l'endroit où j'arrivais, sur les choix financiers qu'il fallait faire et sur ce qu'il fallait dire aux gens que je croiserais en ville. Et j'ai pensé que ce type aurait pu réciter la tirade de l'hypocrisie. Il aurait été parfait. Il se serait avancé en bord de scène, il aurait dit : « La profession de l'hypocrite a de merveilleux avantages », « C'est un art de qui l'imposture est toujours respectée »… Il aurait été applaudi. Ce jour de la visite de la maison, je le regardais avec attention, avec passion, il a dû me prendre pour un fou. Je ne manquais rien de ses gestes, de ses intonations, je le trouvais formidable, et je me plaisais à repérer tout ce qui se dégageait mystérieusement de son être.

Il eut un petit rire.

– Vous voyez, mademoiselle.

– Rosalie, tout court.

– Vous voyez, Rosalie. Je traque. Je scrute. Je m'inspire du moindre passant qui croise mon chemin. Et pourtant…

– Et pourtant ?

Il mit les deux mains sur sa nuque en jetant les épaules en arrière, comme pour détendre son dos.

– Je me demande souvent si je ne suis pas le plus traqué des deux. Je veux dire que j'ai l'impression de suivre les autres, de m'en inspirer, de vouloir changer des trajectoires. Alors que, très concrètement, ce sont d'autres qui me suivent et me changent.

– D'autres ? Quels autres ?

Elle alla vers lui. Lentement, elle s'installa dans le second fauteuil. Elle posa le dictaphone sur ses genoux.

– Qui, François ? Qui vous change ? Qui vous suit ?

– Les dizaines, répondit-il, les centaines de personnages que j'ai fait naître et que j'ai fait mourir. Vous savez, on ne fait pas apparaître des gens comme ça. Ce n'est pas une démarche légère, ce n'est pas comme faire du pain ou construire un mur. Créer quelqu'un a un impact. Tous ceux que je fais vivre me suivent, longtemps. J'ai longtemps cru qu'ils me suivaient pour des années. Qu'il y aurait un deuil à faire. Mais, en vérité, je crois qu'ils me suivent pour l'éternité. Quand je rentre chez moi et que je ferme la porte, je les ai tous fait rentrer derrière moi. C'était un peu pour ça, la maison, ici. Je voulais fuir un brouhaha, je voulais m'isoler. Mais un metteur en scène, comme un auteur, n'est jamais vraiment seul. Il trimballe toute la clique de ceux qu'il a voulu inventer. C'est merveilleux. Mais quand on devient vieux, c'est pénible, parfois.

Elle attendit.

– C'est pénible, répéta-t-il.

– Vous aimeriez être seul, plus seul encore ?

– C'est là une grande question, Rosalie. Je n'en finis pas de me la poser. Je crois que je n'aurai jamais la réponse, la vraie réponse. Je n'ai cessé, toute ma vie, de marcher sur le fil tendu entre « être dans le monde » et « être hors du monde ».

– Ah ! dit-elle simplement.

– J'ai besoin des autres, parce que je ne veux pas avoir la prétention de vouloir être seul, toujours, et pour le reste du temps. Nous sommes faits pour vivre en société, n'est-ce pas ! Et j'ai passé mon temps à laisser le vacarme des autres me porter. Je me sens réconforté par les autres, je me sens plus solide, plus grand.

Il rit un peu.

– Vous avez remarqué, je ne suis pas très grand.

Elle le regarda sans répondre. Il se demanda quel âge elle pouvait avoir. Elle avait quelques rides au coin des paupières qui faisaient mentir ses airs d'enfant. Elle était

jolie. Il détourna le regard et continua en se frottant le bras :
– J'ai toujours aimé l'idée du départ. Partir loin, à l'écart du monde. C'est si tentant. Si lumineux.
– C'est un tunnel de la Muette ?
Il la scruta quelques secondes et il répondit d'un air entendu :
– Un tunnel de la Muette avec des jacinthes partout. Qui pousseraient jusqu'au sommet des branches.
Il y eut un silence. Dehors, la pluie avait cessé.
– Vous aimeriez vraiment ? demanda-t-elle avec sérieux. Partir ? Pour aller où ?
Il se leva brusquement.
– Nulle part.
Il se mit à aller vers la table, puis il fit demi-tour, revint vers le fauteuil sans la regarder et, visiblement mécontent, il retourna vers la table et s'appuya sur celle-ci, les bras tendus.
– Nous pouvons…
Il se tourna brusquement et la regarda dans les yeux.
– Mademoiselle Rosalie. Je pense que nous avons parlé longtemps. Je suppose qu'il est l'heure.
– L'heure ?
– Il est l'heure, pour vous, pour moi. L'heure.
– Vous avez rendez-vous, dit-elle. Avec quelqu'un ?
Elle se reprit aussitôt, se levant, hochant la tête :
– Mais, pardon, pardon, dit-elle tout bas. Je n'ai pas à vous poser ces questions. J'éteins le dictaphone, vous voyez. Je vais y aller.

Elle rassembla ses affaires sans lever la tête.
– Je n'ai pas de rendez-vous, dit-il simplement.
Elle s'arrêta pour mieux le regarder.
– Plutôt, continua-t-il : personne ne m'attend. N'allez pas croire que je suis seul, que je me sens seul.
– Je ne crois rien, dit-elle doucement.
– Oui, oui, dit-il en balayant l'air du revers de la main. Je voulais préciser. Parce que, depuis le décès. Le décès de ma femme. On me cherche souvent sur le sujet. On veut savoir comment elle est morte. Si je souffre toujours. Je ne sais pas bien pourquoi.
Rosalie soutint son regard.
– Je ne veux pas savoir ça, dit-elle.
– Que voulez-vous savoir, alors ?
– Rien. Je ne viens pas pour savoir.
– Vous ne venez pas pour savoir ? Mais alors, pourquoi venez-vous ?
Il attendait, penché vers elle. Elle ajouta calmement :
– Vous avez dit un jour, dans une émission, que vous aimiez souvent prendre la mer. Que vous aviez même un bateau. Et que vous détestiez la ligne droite. Vous avez dit que vous aimiez les bateaux qui partent sans être certains de leur destination. Ceux qui lèvent les voiles. Ceux qui dérivent.
Elle ouvrit les deux mains et regarda ses doigts. Elle sembla vouloir ajouter quelque chose, puis se ravisa.
– Merci. Pour aujourd'hui, dit-elle.
Elle le précéda pour aller vers la porte.
– Nous n'avons pas fixé de jour, pour février.

Elle parlait d'un ton léger en mettant son manteau et elle continua :
– Je vous propose le dix. Vendredi dix février, dix heures et demie. Ici.
– Oui, oui, je suppose, je… Oui, je note. Enfin, je noterai, dès que vous serez partie.
Il sentait que cette femme, qui était entrée chez lui avec tant de timidité, allait lui échapper, et il ne comprenait pas pourquoi cette idée le gênait. Il avait l'impression confuse que quelque chose sortait du champ de sa maîtrise et qu'il aurait été nécessaire qu'il la retienne. Elle ajusta son col et se tourna vers lui.
– À dans un mois, François.
Il n'eut pas le temps de répondre. Elle était partie comme ces chats dans la rue lorsque l'on fait claquer une portière.

X

Le trois février, vers seize heures, dans son appartement de la rue Lepic, Anne Comino était assise au fond de son canapé avec un verre à la main. Elle regarda sa montre, puis la porte d'entrée. Elle but une gorgée de vin, grimaça et balaya la pièce du regard. Le salon était impeccable. Elle avait eu le temps de faire les poussières, de changer les fleurs sur la table basse et de mettre les livres en ordre dans la bibliothèque blanche. Elle avait lavé et lissé tous les tissus de son appartement pour se convaincre qu'elle pourrait ainsi pallier le désordre de ses toiles intérieures. Elle faisait comme si elle y croyait. Derrière la fenêtre, le ciel était bas et peuplé de nuages gris, épais comme les mousses en polyuréthane qui émergent des maisons en ruine. On apercevait les lames du toit de zinc, et sous la gouttière, les fenêtres de l'appartement d'en face, fermées par des stores blancs. Les voisins. Une famille. Avec deux enfants.

– Gide avait raison, murmura-t-elle du bout des lèvres. *« Famille, je vous hais ; foyers clos, portes refermées, possessions jalouses du bonheur ».*

Elle ne tourna pas la tête quand la porte d'entrée claqua.

Il y eut quelques pas, le bruit sec des clés déposées sur le meuble et la voix d'Axel, qui l'appelait sans la voir.
– Voilà. Anne ? Je suis là.
Elle se tourna vers lui. Il fit quelques pas.
– Alors ? dit-il. Qu'est-ce qu'il y a ?
Elle le regarda, sans répondre.
– Je suis prêt, continua-t-il, essoufflé. Dis-moi ! Tu m'appelles, tu me dis : c'est urgent, j'étais en plein comité de direction, tu les as entendues comme moi, les dernières décisions de la FED, non ? Bon, je me fais excuser, je trouve un prétexte, je cours, je trouve un taxi. Me voilà. Qu'est-ce qu'il y a ?
– Au moins, tu as évité la pluie, dit-elle en se tournant à nouveau vers la fenêtre. Il va pleuvoir, regarde.
Il se frotta le front et enleva son manteau qu'il garda dans les bras. Il s'assit près d'elle.
– Je croyais que tu avais des nouvelles, dit-il calmement.
– J'en ai.
– Et alors ?
Elle porta son verre à ses lèvres, puis se ravisa. On aurait dit qu'elle jouait à boire, comme les enfants avec des tasses de dînette.
– Ils ont appelé il y a une heure.
– Et alors ?
– Et alors, et alors ! On dirait que tu demandes la fin du film parce que tu t'es endormi.
Axel cligna des yeux, regarda au sol, quelque part devant lui, puis se tourna à nouveau vers elle. Il attendit, devinant que c'était ce qu'elle voulait qu'il fasse.

Elle eut un grand soupir, très profond. On aurait dit, l'espace d'une seconde, que son cou se rétrécissait, puis, doucement, au fur et à mesure de l'expiration, ses épaules reprirent leur droiture habituelle, son cou s'allongea de nouveau, et elle planta ses yeux dans les siens.
– Alors, dit-elle, le film finit mal. J5 : tout le monde meurt.
– C'est vrai ?
Elle détourna le regard. Il demanda encore :
– Sur huit embryons ? Rien ? Aucun ?
– Moi aussi, Axel, moi aussi je me disais, cette fois, c'est bon. On y est. Et non. On n'est nulle part. Personne ne gagne. On ne fera pas de transfert. Retour à la case départ. Ils me rappellent tout à l'heure pour finaliser le résultat de la culture. Mais ils étaient assez catégoriques. C'est fini.
Il se leva et prit un verre à son tour, dans lequel il versa un fond de vin rouge. Il fit danser le vin dans le verre et adopta le même jeu qu'elle : il le porta à ses lèvres, sembla le respirer, le toucher du bout de la bouche, mais n'avala rien. Il ne voulait pas vraiment boire de vin à seize heures, il voulait simplement avoir le même parfum qu'elle sur les lèvres. Le parfum de ce que l'on croit imminent et qui finalement s'échappe.
– Alors on arrête, dit-il en acquiesçant, sans lever la tête.
– Quoi, on arrête ?
Il reprit gravement :
– Tu avais dit que c'était la dernière. Tu as dit, quoi qu'il arrive, je n'y retourne plus. Donc, on arrête ! Voilà.

– Non.
– Non ?
– On continue. On a encore une chance. Un billet de tombola.
– Tu as changé d'avis ?
Elle haussa les épaules.
– Oui. Tu ne comprends pas. Parce que tu ne sais pas ce que ça fait.
– Mais ! se défendit-il. Tu crois que c'est facile pour moi, alors ? Anne !
Il posa son verre sur la table et se frotta les yeux.
– Bon, il faudra du temps, pour réfléchir, ajouta-t-il.
– Non. Je crois qu'il ne faut pas trop réfléchir. C'est souvent comme ça, dans la vie. C'est plus dur si on réfléchit.
– Mais Anne… Et moi ?
Elle eut un mouvement de recul dans le canapé, puis s'avança à nouveau et demanda, incrédule :
– Quoi, toi ?
– Moi ? Tu ne me demandes pas si je veux continuer, moi ?
Elle se leva, sans dire un mot. Elle alla vers l'évier et lava son verre avec précaution. Elle l'essuya, toujours dans le silence. Elle rangea le verre dans le placard, dans le minuscule coin cuisine. On aurait presque dit un faux verre dans un faux placard. Un instrument dans un décor en carton. Elle secoua le torchon devant elle. Elle le plia en deux. Elle le posa sur le dos de la chaise. Puis elle se tourna vers lui et parla d'une voix très claire.
– Tu sais quoi ? Finalement, je ne continue pas. J'arrête, tout. J'arrête ce projet d'enfant qu'il faut élaborer comme

on déplie une très grande carte, et j'arrête de vivre ici. J'arrête. C'est sans doute mieux. Je fais mon sac et je pars. J'ai besoin d'air, de sentiers, de promenades et de cannes à pêche. J'ai besoin de liberté. Je n'ai plus de liberté.
Axel s'énerva tout à fait.
– Parfait, dit-il en montrant quelque chose par la fenêtre.
Lui-même ne savait pas ce qu'il voulait montrer, mais il continua de parler avec la main tendue en l'air.
– Mais, va ! Tu sais quoi, Anne ? Va ! Va prendre l'air et pêcher autre chose que des clients, entre deux examens. Notre quotidien devient rythmé par cette musique, celle de l'enfant qui ne vient pas. Son absence envahit tout. C'est une cochenille qui vient peupler toutes les ramifications de notre arbre. Il faudrait mettre de l'huile dans un grand pulvérisateur et tout recouvrir pour être bien sûrs que tout est parti. Mon grand-père faisait comme ça. Pour les cochenilles. Ma grand-mère l'engueulait, parce qu'il prenait l'huile de tournesol du placard de la cuisine. Il disait que c'était le plus efficace. Il attendait une nuit, et au matin, il fallait essuyer toutes les feuilles. Une par une. Et les cochenilles étaient parties.
Anne le regardait, complètement perdue.
– Les cochenilles, les cochenilles, répétait-elle, les yeux dans le vide.
– Le soir, je rentre du travail, je te retrouve, et il y a au milieu de nos feuilles la petite colonie, l'amas, tout ce qui se dessine à cause de cette absence. Tu attends. Moi aussi, j'attends. Nous vivons pour ça. Pour attendre. Nous nous couchons et nous pensons à cette attente, désespérément.

Tout est coloré de vide. Jusqu'au lendemain matin, où tout recommence. Je te parle d'autre chose et je me dis, « elle y pense ». Tu es ailleurs, sans arrêt, tu es en filigrane. Tu n'es plus vraiment avec moi ! Tu es avec lui. Avec l'enfant. Celui qui n'existe pas.
Elle s'approcha de lui et parla pourtant encore plus fort.
– Je fais ce que je peux. Parce que je ne choisis pas. Tu crois que ce sont des choses que l'on choisit ? Tu crois que je peux contrôler ? Je ne peux rien contrôler !
– Ah ! fit-il, presque victorieux. C'est un problème ! Tu ne contrôles plus ! Tu veux que tout se tienne à carreau, à l'intérieur de toi. Tu veux tout bien orchestrer. Tu voudrais tellement que ce soit une question d'heures de travail, d'efforts, de sueur sur une feuille ! Si on te disait qu'il suffisait d'apprendre des livres entiers, de comprendre cent équations, tu serais capable de t'acharner jusqu'à t'assommer, pour être fière, pour t'être dit : « Je l'ai fait. » Tu veux passer l'épreuve de la maternité comme on passe un concours. Parfois, je me demande si tu veux vraiment un enfant ou si tu ne veux pas, simplement, avoir le fin mot de l'histoire.
– Que je ne veux… pas d'enfant ? Tu crois que ne je veux pas d'enfant ?
Elle posait sa main sur son cœur, révoltée, bégayante.
– Je ne dis pas que tu n'en as jamais voulu, Anne. Je dis juste que tu n'y penses plus. Tu ne sais plus vraiment pourquoi tu fais tout ça. Ce n'est plus vraiment pour l'enfant que tu le fais. Tu sais pourquoi tu le fais ? Parce que tu échoues. Voilà, pourquoi.

– Comment, comment, voilà pourquoi !
– C'est parce que tu échoues que tu continues. Tu veux aller au bout du projet parce que tu ne supportes pas les projets abandonnés. Ceux qui te résistent.
– Et toi, tu supportes ?
Elle avait crié. Il se mit donc à crier aussi.
– Je crois que je supporterais surtout qu'on arrête ! Je ne veux pas baisser les bras, je veux simplement que l'on se retrouve. Mais au fond, tu as peut-être raison, peut-être qu'on ne se retrouvera jamais. Alors, pars, vas-y : ça te permettra de maîtriser l'échec. Tu diras que tu n'as pas d'enfant parce que tu es célibataire. C'est plus facile. Pour toi. C'est sûr, c'est plus facile de partir. Tu me surprends, tu sais ? Je croyais que tu n'aimais pas les choses faciles. Je croyais… Je croyais…
– Moi aussi, dit-elle d'une voix étranglée. Je croyais que ça serait simple. Il faut croire que nous sommes plus faibles.
– Plus faibles que qui ?
– Je ne sais pas. Que ceux que nous aurions dû être.

Immobile, elle regarda par la fenêtre quelques secondes. Elle ouvrit la bouche, comme pour ajouter quelque chose, mais il n'y eut aucun souffle, aucun mouvement. Aucun son ne sortit. Elle sembla se demander dans quel ordre mettre ses mots. Puis elle referma la bouche et se tourna vers lui. Elle resta sans ciller et il y avait dans ses yeux tous les reflets que l'on trouve à la surface de la mer en hiver, quand l'océan frigorifié n'arrive plus à être bleu.

– Attends, dit-il simplement.
Il savait bien qu'elle n'attendrait pas. Anne était douée pour beaucoup de choses, mais pas pour l'attente. Elle se dirigea vers la chambre et mit quelques affaires dans un grand sac de voyage. Il la suivit, sans la toucher. Elle mit sa brosse à dents sur le dessus du sac et le petit shampoing qui sentait la mandarine. Elle agissait avec une lenteur calculée, hypnotique, celle qui habille les gestes que l'on fait quand tout s'écroule, quand le volcan entre en éruption, quand le raz-de-marée arrive, quand la frontière entre la vie et la mort n'existe presque plus.
– Anne. Attends, répéta Axel.
Il se sentait maladroit, fatigué, misérable, il se sentait tout petit. Rabougri comme ces raisins dont on ne voit pas qu'ils sont tombés de la grappe, dans le sac en papier. Les disputes amoindrissent.
Elle posa alors ses deux mains à plat sur le lit et eut un petit bruit, comme si elle voulait dire quelque chose sans y parvenir. Puis, fermant les yeux, elle prit une inspiration et poussa un vrai cri. Un cri désarticulé, plein de tout ce qu'elle avait contenu pendant des mois, un cri à la fois de battante et de désespérée. Il se précipita vers elle, pour lui prendre le bras, pour parler, pour l'arrêter, la consoler, il ne savait pas comment il allait s'y prendre, mais c'était ce qu'il voulait, la consoler. Elle le regarda, son cri s'évanouit quelque part, dans une immensité inconnue, peut-être l'immensité qui abrite les cris de toutes les disputes qui n'ont jamais eu lieu.

Son sac dans les bras, Anne se dirigea avec détermination vers la porte d'entrée, s'appuyant contre les murs du couloir, enjambant une paire de chaussures et un parapluie. Axel la devança et, brusquement, il se mit face à elle. Elle le regarda en fronçant les sourcils. Alors, dans un sanglot, elle se précipita vers la chambre. Elle jeta son sac au sol. Elle chercha des yeux ce qu'elle pourrait casser, jeter par terre, mais elle eut le temps de penser aux voisins. Elle eut peur de les déranger. Cela ne fit que l'énerver davantage. À quel moment a-t-on peur de déranger les voisins lorsque l'on se met en colère ? Alors elle saisit un premier oreiller qu'elle lança vers la fenêtre ouverte et qui s'écrasa quelque part, dans la rue. Et lorsqu'il arriva sur le pas de la porte de la chambre, le visage ahuri, elle prit le second oreiller, sans rien dire. Elle monta sur le lit, debout, il voulut monter à son tour, lui enlever l'oreiller des mains, mais elle le repoussa encore et, hors d'elle, elle plaqua son coude sur son épaule pour le faire descendre. Le tissu de l'oreiller se rompit alors et cela fit une formidable cascade de plumes qui se répandit sur le lit et autour d'eux.
Ce n'est qu'au moment de la cascade qu'ils entendirent la sonnerie du portable.
Anne, sans lâcher l'oreiller, sauta au bas du lit et courut vers le salon, vers le canapé, vers son sac à main. Debout, elle garda l'oreiller dans la main gauche, prit le téléphone dans la main droite, décrocha, et le porta à son oreille.
Lentement, Axel avait parcouru les quelques mètres qui séparaient la chambre du salon. Elle eut quelques mots,

en regardant devant elle. Elle était décoiffée, pieds nus, et son chemisier qui avait été froissé par la course tombait plus bas sur l'épaule gauche. Il restait des morceaux de tissu et de plumes dans ses cheveux défaits. Un peu de maquillage traînait sous ses yeux. Elle se tenait très droite. Anne se tenait toujours très droite. Il observa sans bouger ses cheveux qui tombaient sans ordre sur ses épaules et le petit grain de beauté sous sa clavicule, dévoilé par leur dispute comme un dé antique un jour de fouilles. Elle gardait le bras gauche tendu vers le sol, tiré par le poids de l'oreiller éventré. Elle salua le correspondant, au téléphone, avec beaucoup de calme, sans hésiter. Il y avait dans son visage face à l'invisible une majesté féroce et insaisissable, la majesté des femmes en colère. Elle renifla en raccrochant. Puis elle le regarda.
– Ils en ont un, dit-elle tout doucement.
– Il… C'est sûr ?
Elle posa le téléphone sur ses lèvres et eut un petit sursaut qui ressemblait à un rire. Elle ferma les yeux une seconde, puis reprit gravement :
– Il faut y être dans une heure.
Quelques plumes volèrent doucement à sa gauche pour se poser sur le tapis, à ses pieds.

XI

Quand Rosalie rentra de son premier rendez-vous avec François Comino, elle dut faire la route en trois temps. Alors que son trajet aurait pu durer trois heures, il en dura six. La dernière heure, elle la passa garée en pleine campagne, peu avant La Rochelle. Elle sortit de l'autoroute à Saint-Jean et, pas loin de Charron, trouva un chemin de terre qui menait à un champ que l'on avait clôturé avec deux fils de fer. Elle laissa sa voiture en bord de route et se glissa parmi le blé juste semé qui dessinait de sages rangs verts de quelques millimètres. Elle s'étira longuement, seule, au milieu de ces épis dont on ne savait pas s'ils résisteraient au gel de cet hiver plus froid que les précédents. Elle goûta le silence opaque que permet le couvercle étanche du ciel de janvier.
Elle était très contente de ce parcours en trois actes, qui lui semblait indispensable pour prolonger un peu le temps qu'elle avait passé dans cette maison peinte en blanc. Elle hésitait à l'appeler « la maison de son père ». En vérité, elle n'arrivait pas à penser à lui et à le désigner comme son père, tout court ; lorsqu'elle écrivait sur son carnet, elle le nommait avec ses initiales. Seule,

et pendant les six heures de ce trajet de retour, elle avait eu besoin de parler tout haut, de bavarder encore, de rejouer presque mot pour mot la scène qu'elle avait vécue. Elle était plutôt fière de son texte et se demandait si elle avait pu laisser une quelconque impression au vieil homme, s'il gardait en tête des bribes de leur échange ou s'il l'avait déjà oubliée. Elle se plaisait à imaginer qu'il pensait à leur entretien. Elle se doutait qu'il n'avait pas besoin, comme elle, de rejouer la scène à voix haute, comme on rejoue un oral d'examen dont on se doute qu'il est réussi ; toutefois, elle pensa avec plaisir qu'il aurait peut-être, dans les jours suivant sa venue, des fulgurances, des souvenirs évanescents. Elle aurait adoré lui laisser une petite collection de phrases qui auraient surgi comme des bouchons à la surface de l'eau dans son quotidien, lorsqu'il aurait démarré sa voiture, lorsqu'il aurait fait son lit, lorsqu'il aurait bu son café en regardant par la fenêtre. La mémoire a l'envie délicieuse de fonctionner par à-coups.

Elle se demanda s'il était seul encore ou s'il avait regagné Paris. Peut-être était-il avec sa fille ? Cette idée ne lui plaisait pas, mais elle ne la fâchait pas non plus. Elle avait assez vite appris l'existence de cette autre fille, cette enfant qui avait la chance d'être officielle. Celle qui aurait pu être elle, mais qui ne l'était pas.

Celle qui avait grandi près de lui, celle qu'il avait emmenée à pied à l'école, celle à qui il avait appris à éplucher les mandarines en une seule fois et à faire claquer les feuilles de coudrier en les posant sur un poing fermé.

Il donnait rarement le prénom de sa fille devant les journalistes et ses biographies sur internet ne le disaient pas non plus. Elle avait pourtant cherché partout, tout lu, même les lignes qui lui étaient encore consacrées sur le site du théâtre qu'il avait dirigé pendant dix ans, le théâtre national de Strasbourg. Rosalie ne connaissait pas Strasbourg. Les troupes qu'il avait créées n'avaient pas toutes de site officiel, mais sa troupe actuelle possédait une page propre et bien dessinée, sur laquelle on pouvait trouver des informations précises. Là encore, il ne parlait que vaguement de sa famille. En recoupant l'ensemble, Rosalie en avait déduit qu'il avait été marié, que sa femme était morte dans des circonstances assez brutales dont elle ne savait rien, et qu'ils avaient une fille. C'était grâce à des sites de généalogie qu'elle avait pu apprendre le nom de sa femme, Michèle Comino, née Marchand, et de leur fille : Anne. Anne avait cinq ans de moins qu'elle, était mariée à un certain Axel Fabvre, et l'arbre ne signalait pas d'enfant. Rosalie n'avait pas pu trouver de photo d'eux. Elle avait pourtant eu l'impression de retourner internet comme on renverse un tiroir. Rien à faire. Anne ne dévoilait le secret de son visage sur aucun réseau social, sur aucun site professionnel, à moins qu'elle l'ait fait sous un autre nom. Et en cherchant par liens, en tapant les noms des autres membres de l'arbre généalogique, Rosalie n'avait rien obtenu de plus. Elle était très frustrée d'être réduite à imaginer le visage de cette fille qui était, en quelque sorte, une autre version d'elle-même.

Elle en venait à croire qu'elle lui ressemblait peut-être, que son apparence était une version améliorée de la sienne. Anne devait être plus brune encore, plus grande, plus élégante, elle portait probablement sur elle toute cette grâce qui semble d'autant plus belle qu'elle est fortuite, inconsciente presque. Anne était sûrement bien plus intelligente, elle avait réussi d'ailleurs, elle semblait travailler dans la gestion de fonds à la Défense, c'était ce que l'on trouvait sur un article qui la citait. Rosalie se disait qu'une personne au parcours si brillant devait être sympathique et qu'elle devait se faire facilement aimer des autres. Elle en concluait que son père devait être particulièrement fier de présenter autour de lui cette femme, qui augmentait sans doute l'émerveillement de ses amis et la jalousie de ses ennemis.

La découverte de l'existence d'Anne avait été, pour Rosalie, une invitation à ne pas révéler son identité. Elle voulait avoir du temps avec son père sans plier sous le poids d'une comparaison avec Anne. Elle voulait se montrer comme une étrangère, afin de gagner quelque chose chez lui, un intérêt, une sympathie peut-être, mais rien qui n'aurait su rivaliser avec l'émotion que peut ressentir un père à l'égard de sa fille. Elle voulait que ces sentiments-là restent rangés à part, cueillis et mis en bouquet pour une autre, mais inaccessibles pour elle. Qu'aurait-il dit, qu'aurait-il ressenti, si elle avait tout avoué ? Elle aurait risqué de creuser alors le gouffre qui la séparait de lui, de fermer la porte de tout son théâtre intérieur, dans lequel se seraient joués Dieu sait quels tourments. Non, non : elle avait pris la décision d'être « Rosalie Colette ». Elle avait peur qu'il se souvienne du nom de Sauvage et elle ne voulait pas prendre ce risque ; mais elle voulait Rosalie, et elle voulait rester la fille de sa mère. Puisque les noms de famille se transmettent de père en fils, pourquoi les prénoms ne se transmettraient-ils pas de mère en fille, sautant allègrement du rang de prénom au rang de nom ? Après tout, sa mère devenait plus « Colette » que « Sauvage ». En effet, son essence n'était plus dans la dimension d'aventure qu'il y a dans le mot « sauvage », il n'en restait que la distance, le côté ombrageux, difficile à apprivoiser. En vieillissant, elle glissait doucement dans la douceur de « Colette », dans le chant de cette terminaison libre comme l'air.

Ainsi, avec François Comino, Rosalie avait entendu parler d'Anne, sans la nommer. Elle avait scellé l'existence de cet *alter ego* avec toute la tranquillité du monde, sans n'être jamais mise sur la même estrade qu'elle. Anne devait rester la fille unique. Rosalie préférait penser qu'elle était, sinon la fille illégitime, au moins la fille secrète, la fille de l'ombre. Elle ne voulait pas risquer de ne pas être aimée ; elle voulait encore moins risquer de le troubler, lui, de bouleverser un équilibre et de briser quelque chose entre Anne et lui. Puisqu'Anne avait eu de la chance par sa naissance, autant soigner cette chance, la faire durer encore, autant l'arroser comme une graine de coquelicot et la regarder pousser, avec une curiosité qui oublierait l'âpreté.

Rosalie imagina l'enfance d'Anne, elle pensait à l'été, à la plage, aux couchers de soleil en famille, aux trajets en voiture, à la table de Noël, elle se demanda à quoi ressemblait une enfance avec deux parents.
On avait souvent dit à Rosalie qu'elle était trop proche de sa mère, alors qu'elle avait toujours trouvé qu'elle ne l'était pas vraiment. Les autres imaginaient très mal, parce qu'on imagine toujours mal ce qui nous échappe, et elle n'osait pas vraiment s'ouvrir sur cette enfance sans père.
Au départ, elle avait cultivé la ressemblance avec sa mère. Elle s'était efforcée de se coiffer comme elle, de s'habiller comme elle, d'avoir toujours, ou presque toujours, un discours qui aurait pu être le sien ou qu'elle aurait pu valider. De manière curieuse, elle n'avait jamais vraiment manifesté d'opposition nette et franche, elle n'avait pas lutté pour montrer ses désaccords, même à quinze ans. Elle se doutait bien qu'il y avait là quelque chose de pas très sain, mais elle ne savait plus comment combler cette lacune ; elle se demandait souvent si celles qui ne faisaient pas de crise d'adolescence manifestaient une crise plus tard, une crise d'adulte, ou s'il n'y avait plus rien à faire et que tout était perdu. Elle n'avait jamais vraiment contredit sa mère, mais elle lui avait caché beaucoup de choses, et sa mère lui avait dissimulé l'essentiel.

Quand Rosalie était petite, sa mère l'emmenait souvent se promener sur la plage de galets de L'Houmeau : elles parlaient de ce qu'elles distinguaient au loin, à l'horizon, mais jamais de ce qu'elles auraient pu voir juste devant elles.
Le secret du père restait flou et Rosalie avait avancé dans l'adolescence en déterminant sans cesse ce qu'elle pouvait dire et ne pas dire. Elle était évasive sur tout, elle ne nommait ni ses amies, ni ses ennemies, elle ne parlait pas d'amour, elle taisait les disputes et enterrait dans un oubli fantasmé tout ce qu'elle vivait en-dehors de la maison. C'était sa manière à elle de s'affirmer, de grandir, de s'affranchir : ne pas dire.
En devenant adulte, elle avait continué ce mode d'expression, ou de non-expression, puisqu'il s'agissait du seul qu'elle connaissait.
Le piano était leur dialogue à elles. Colette avait sans cesse soutenu cette passion-là, et Rosalie, pour combler le trou que laissait leur absence de communication, avait fait de la musique son occupation principale. Elle avait travaillé les morceaux que sa mère aimait. Colette n'avait jamais manqué un examen, une audition, un concert. Au fond, Rosalie jouait toujours un peu pour elle. Pour la remercier, sans doute, ou pour s'excuser de tout ce qui était resté muet, ces impalpables histoires qui jamais n'avaient pris corps dans les mots, ces émotions vives qui toujours étaient restées dans l'ombre.

Elle ne s'était jamais dit que son père lui manquait, et désormais, elle avait l'impression d'une lacune terrible, immense, une de ces failles que l'on découvre en baissant la tête et qui, béantes, provoquent des chagrins inconnus.

En parcourant les derniers kilomètres qui la séparaient de sa fille, elle se demanda si cette dernière lui dirait la vérité, si elle sélectionnerait ce qu'elle voudrait bien lui raconter, et elle se doutait bien qu'elle aurait des secrets, parce qu'on garde toujours des secrets pour nos mères. Devant la porte de la maison de Gaëlle, elle souffla longuement, pour chasser ses interrogations comme on le fait des élastomères de gomme sur le bureau. Il y eut un bruit de vaisselle derrière la porte lorsque la sonnette retentit et ce fut Constance elle-même qui vint ouvrir la porte.
– Ah ! dit la petite fille. C'est toi.
Elle regardait sa mère, imperturbable, et semblait tout à fait neutre devant ce qu'elle formulait comme un constat. Elle vint vers Rosalie qui se mit à sa hauteur en tendant les bras et qui lui dit doucement :
– Tu m'en veux ? Tu es en colère ?
– Non.
– J'avais dit que je reviendrais vers seize heures, il est beaucoup plus tard, je sais bien. Vous étiez à table ? J'ai eu des imprévus. Un élève avec lequel je devais travailler plus longtemps.
Constance la prit par les épaules et la regarda en fronçant les sourcils.
– Oui. Je comprends.

– Merci. De comprendre.
– Ah ! Maman, tu sais. Je comprendrai toujours.
Son assurance fit sourire Rosalie.
– Tu crois ?
– Oui, oui, oui, acquiesçait sa fille.
– Je ne sais pas. Il y aura un moment où tu ne me comprendras peut-être pas.
– Je comprendrai toujours, répéta la petite fille.
– Ou alors, soupira Rosalie, tu comprendras, et justement, tu trouveras vertigineux de me comprendre.
Derrière elle, Gaëlle s'avançait.
– Je suis désolée, pour le retard, dit Rosalie posant son sac sur une petite malle, dans l'entrée.
Gaëlle la regardait d'un œil amusé alors que la petite fille se précipitait à nouveau dans la cuisine, en tirant sur le bas de sa robe.

Il devait être presque vingt-deux heures quand Gaëlle ouvrit la fenêtre. Le repas était fini depuis longtemps et il ne restait, sur la table, que les verres, les serviettes, quelques amandes et un sachet d'oursons à la guimauve dans lequel les deux femmes piochaient en parlant.
– Je me demande, tout de même… dit Gaëlle en s'asseyant à nouveau face à Rosalie.
– Si c'est raisonnable ?
– Non, je me demande pourquoi tu fais tout ça.
Rosalie tourna la tête et se pencha en arrière. Constance lisait encore, couchée sur le bord du lit de la chambre de sa collègue. Elle avait insisté pour veiller encore et elle

semblait lutter contre le sommeil pour rester un peu plus longtemps plongée dans les pages de son histoire. Rosalie prit une amande et regarda Gaëlle.
– J'avais besoin de le voir. Il fallait que je le voie.
– Et il reste encore d'autres visites ?
– Deux.
Gaëlle regarda tour à tour la table et les yeux de son amie. Rosalie parla dans un soupir.
– Après l'annonce de ma mère, l'année dernière, je me suis sentie terriblement changée. Je ne lui ai rien dit. Je suis revenue à ma vie sans jamais vraiment abandonner l'idée que je le rencontrerais. Que j'allais le voir, bientôt, un jour, que ce moment arriverait nécessairement et qu'il rendrait fades tous ceux qui le précédaient.
Elle soupira.
– Pourquoi, dit-elle en se passant la main sur le visage, pourquoi ne lui ai-je pas tout avoué, là, aujourd'hui ?
– Parce que tu voulais qu'il soit ton père, dit simplement Gaëlle.
Et comme Rosalie restait interdite, elle ajouta :
– Tu voulais qu'il soit ton père et tu avais peur qu'il cesse de l'être si un aveu venait à retentir, au milieu de sa maison. Il aurait été probablement incrédule, bouleversé, il aurait pensé à tout ce qu'il a manqué, tout ce qu'il aurait pu être pour toi et qu'il n'a jamais été. Qui sait, il aurait peut-être pleuré, peut-être ri ! Mais tu aurais brisé quelque chose. Tu aurais rompu le fil que tu avais tendu entre vous deux. Et tu ne voulais rien rompre. Tu voulais tisser. Juste : je ne sais pas trop pourquoi.

Elle attendit un peu et proposa :
– Pour te venger ?
– Même pas, dit Rosalie en souriant.
– Mais tu lui en veux ?
– Peut-être. Un peu.
– Alors ?
– Je ne sais même pas si j'ai tout enregistré, répondit Rosalie en fermant les yeux. Ni si je me souviendrai de tout. Je ne sais pas non plus si je ferai toutes les autres visites. Et tu sais quoi ? Ce n'est pas grave. Je suis surtout… fière. D'avoir déjà fait ça, d'être rentrée dans le jeu. Enfin, se reprit-elle, non. Ce n'était pas un jeu.
– Comme au théâtre ?
Rosalie prit un air grave.
– Mais c'était sérieux. Je sais bien que c'était hors du commun. Et je ne veux pas penser que j'en savais plus que lui, qu'il y avait inégalité. Je ne veux pas être au-dessus de quelque chose, maîtresse de la situation. C'est pour ça, dit-elle en hochant la tête, c'est pour ça que je n'ai pas demandé trop de détails, trop d'informations. Je veux qu'il y ait un peu de mystère des deux côtés. Je veux me dire qu'il y a une sorte d'équité. Et je ne sais pas si j'ai réussi.
– Tu crois qu'une fille sur Terre peut ressentir « une sorte d'équité » dans les liens qu'elle entretient avec son père ? Et les fils ? Tu crois qu'ils peuvent ?
Rosalie prit une amande, qu'elle fit rouler entre ses doigts. Puis elle dit avec une voix calme et résolue :
– J'aurais dû tout raconter à ma mère. Avant d'y aller.

Gaëlle regarda la nuit, par la fenêtre. Rosalie continua :
– Mais elle n'aurait pas pu l'entendre.
– Tu lui diras ?
– À elle ?
– Et à lui. À tous les deux. Tu leur diras la vérité ?
– Je ne sais pas encore. À Constance, peut-être.
Rosalie jeta encore un œil vers elle. La petite fille ne bougeait plus et semblait dormir. Le livre ouvert restait éteint, comme assoupi aussi à côté d'elle.
– Je crois que j'aurais bien aimé avoir un père acteur, dit Gaëlle en rêvant.
– Il n'est pas acteur, il est metteur en scène. Et auteur, un peu.
– Enfin, tu vois… Un homme lié aux métiers artistiques. Un homme qui sait ce qu'est un conservatoire national. Mon père lisait très peu. Il ne m'emmenait jamais au théâtre. Un père que tout le monde applaudit, c'est fabuleux. Ça doit être intimidant, aussi.
Rosalie écoutait les grillons chanter, au-dehors.
– Tous les pères sont intimidants, non ? répondit-elle.
Elle se frotta le bras. Son regard alla se perdre vers le sol.
– Tu sais quoi ? Je crois qu'il était plus intimidé que moi.
Ce constat l'amusa. Elle laissa s'installer le silence, fermant les yeux pour mieux retrouver la saveur de ce qu'elle ne voulait pas laisser s'échapper.

XII

Les jours qui suivirent furent remplis de la voix de François Comino. Rosalie s'efforça, au début, de penser à autre chose ; elle tenta, par tous les moyens, d'entendre d'autres sons. Elle pensait qu'elle avait de la chance de faire un métier où le sens de l'ouïe devait être si présent, si concentré. Mais les élèves se succédaient, les morceaux s'enchaînaient, et toujours, au-dessus des notes de piano qui peinaient à jouer leur rôle de distraction, les mots de son père tournaient en boucle dans sa tête. Elle faisait reprendre encore, elle calait un enchaînement de mesures, elle notait des doigtés sur une envolée de la main droite, et sa concentration était gênée par la présence de son père. Il l'occupait, il tournait dans chaque élan de ses réflexions. Elle entendait encore sa voix dans chaque interstice entre les coups du métronome, dans chaque silence avant les départs en levée, dans chaque hésitation de l'élève qui suspendait son geste avant un trait à venir et, plus que tout, après chaque fin de morceau. Cette voix s'élevait, tranquille et grave, pleine d'idées et de doutes, après le dernier accord, après la cadence, dans la résonance des mélodies qui meurent doucement.

Elle essaya donc de l'oublier, de le mettre à distance. Elle voulait reprendre sa vie d'avant, elle voulait rester elle-même ou redevenir elle-même, puisqu'elle devait avouer que ce dialogue de Carnac l'avait ébranlée plus qu'elle ne l'avait imaginé. Pendant une semaine, elle laissa le petit carnet vert fermé, elle arrêta d'en parler à Gaëlle, elle tenta d'oublier l'existence même de sa mère à Fouras, et voulut retrouver sa tranquillité, retrouver l'habit familier de son existence, retrouver la femme qu'elle était lorsqu'elle n'avait rien à espérer, aucun père à attendre, aucun dialogue à imaginer, dans le futur comme dans le passé.
Malheureusement, toute tentative d'oubli fut soldée d'échec. Il lui sembla même que ses efforts n'aboutissaient qu'à l'effet contraire de sa première résolution : plus elle voulait oublier François Comino, plus elle pensait à lui. Elle voyait son visage à chaque coin de rue, elle en rêvait chaque nuit et elle se mettait à vivre en se demandant ce qu'il penserait d'elle. Elle l'imaginait arriver ici, quelque part au milieu de son décor, découvrir son appartement, son métier, son quotidien. Et son esprit, refusant de s'abaisser à l'oubli et à la distraction, se prenait à questionner ses réactions. Elle le voyait alors, marcher et sourire dans le couloir du conservatoire, elle le voyait s'asseoir sur le côté de sa salle de cours, elle le voyait apporter un plat sur sa table, pour dîner, le soir. Elle imaginait de longs dialogues entre Constance et lui, et elle imaginait même des promenades de la pointe Saint-Clément jusqu'à la baie d'Yves, au cours desquelles

ils pourraient parler tous les trois de leurs chagrins et de leurs rêves.

Elle n'avait pas vu son père depuis une semaine, il fallait encore attendre avant de le revoir et cette pensée la peinait. Elle était vexée d'être triste, parce qu'elle était certaine, avant le lancement de son stratagème, qu'elle serait bien davantage à distance qu'elle ne parvenait à l'être. Si elle s'en tenait à son plan de départ, il ne lui restait que deux entretiens. Elle voyait mal comment elle pourrait justifier le fait de le revoir, ensuite. En effet, il allait nécessairement se rendre compte que leurs dialogues ne donnaient lieu à aucune émission. Un autre artiste, plus connu, plus grand public, aurait pu passer à côté. Pas François Comino. Un homme qui était à ce point entre la célébrité et le succès confidentiel écouterait, elle en était encore plus certaine à présent, ce que de tels entretiens donneraient à la radio. Si elle pouvait garder la date de diffusion floue encore quelques mois, elle irait au bout de son projet.
« Il reviendra vers moi ensuite, se disait-elle, lorsqu'il s'étonnera de ne rien entendre, lorsqu'il me demandera plus franchement des dates, des heures. Je n'aurai qu'à dire alors que la diffusion est annulée, je prétexterai un souci de santé ou un remaniement du personnel, des consignes de mes supérieurs. Peu importe. Je dirai que je suis désolée de l'avoir dérangé ainsi, trois fois, chez lui. Il me dira que ce n'est pas grave, il me dira qu'il était déjà bien agréable de pouvoir discuter avec quelqu'un, il me

dira qu'il a passé de bons moments en ma compagnie et que je ne l'ai pas dérangé, au contraire. Il dira que je l'ai éclairé, peut-être, ou que je lui ai permis de faire le point. Qui sait ! Si cet échange unique suffit à me bouleverser de la sorte, peut-être qu'il ne le laisse pas froid, de son côté. Il n'a pas toutes les cartes en main pour comprendre les enjeux de leur dialogue. Rien ne peut le laisser imaginer la vérité. Mais tout de même ! On ne parle pas ainsi de sa vie avec une inconnue sans que cela laisse une trace, même infime. Après tout, il y a bien des échanges fortuits qui laissent des empreintes indélébiles : pourquoi notre dialogue dans cette maison, un matin d'hiver et de pluie, ne serait-il pas de ceux-là ? »

Cependant, la faille de son projet était dans sa poursuite. Elle ne parvenait pas à trouver une astuce, un truc, pour le voir une fois le fameux printemps passé.
« Je devrai me contenter des trois fois et il ne m'en reste que deux », concluait-elle, implacable, et cette pensée laissait derrière elle l'amertume des évidences.
Mais une autre pensée vint alors, plus lancinante : elle craignait de ne même pas pouvoir mener les deux dialogues qui restaient à venir dans son scénario.
D'une part, elle ne savait pas encore elle-même si elle voulait renouveler l'expérience.
D'autre part, elle avait peur que cet homme, dont elle commençait à digérer l'existence, ait des doutes sur son statut de journaliste, pour lequel elle n'avait apporté aucune preuve. Elle craignait donc qu'il n'annule leur

échange à venir, soit par méfiance, soit par manque de temps. Elle ignorait la mesure de ses sollicitations et il était bien possible qu'elles soient nombreuses. Si d'autres avaient besoin de lui et le réclamaient, elle passerait après eux, elle en était malheureusement persuadée.
À ce moment-là, elle regretta de ne pas avoir glissé plus d'indices sur sa filiation. Elle qui s'était montrée inébranlable, elle qui avait dit depuis presque un an qu'elle souhaitait voir son père sans lui en avouer la véritable raison, elle qui semblait à tous, et même à elle-même, si décidée et si certaine de cet aspect de son entreprise, elle venait à douter de ce silence, pour ce seul motif. En effet, on fait passer beaucoup de monde avant une petite journaliste, mais on ne fait pas passer grand monde avant sa fille. Elle était du moins persuadée que c'était ce qu'aurait fait François Comino, parce qu'il lui semblait bien plus honnête, plus sensible et plus humain qu'elle ne l'avait imaginé.

Elle commença alors à rejouer la scène du dialogue de Carnac, en glissant, de temps à autre, des phrases un peu plus claires qui sèmeraient un doute sur son identité. Et puisque ces scènes ne la satisfaisaient pas totalement, elle se plut alors à imaginer un aveu, un vrai. Elle aurait pu le faire au début, quand il lui avait dit qu'elle ressemblait à sa fille.
– À vrai dire, monsieur Comino, c'est fou que vous disiez ça… Votre comparaison me rend confuse et je dois vous expliquer, vous avouer quelque chose… Venez, asseyons-nous…

Non, un tel aveu aurait été prématuré, il fallait qu'il ait parlé un peu, il fallait qu'ils aient commencé une relation en somme, avant que la vérité n'éclate. Elle imagina alors une autre fin. Elle repensait au moment qui précédait juste son départ.
– Vous ne venez pas pour savoir ? demandait-il.
– Je viens pour nouer, pour renouer. Je viens pour me construire et pour vous donner quelque chose.
– Vous voulez me donner… Mais, me donner quoi, mademoiselle Rosalie ?
– Une fille.
Non, cela ne fonctionnait pas non plus, et elle frémissait d'imaginer quelque chose d'aussi franc et d'aussi direct.

Alors, elle imaginait autre chose.

Elle reprenait à :
– Vous ne venez pas pour savoir ?
– Non… Je viens pour nouer. Pour renouer. Je viens pour me construire et pour vous donner quelque chose.
– Ah bon ? Pour me donner quoi ?
– Pour vous donner un morceau de temps. Un petit bout de passé, découpé comme on déchire un pan de tissu en écartant les bras, sans ciseaux. Parce que… Parce que je suis un tissage, je suis un fil, je suis tressée avec une version de vous que vous n'avez pas oubliée.
– Mais de quoi parlez-vous ? Qui… Qui êtes-vous ?
Et alors, alors, pensait Rosalie en frémissant, elle aurait simplement répondu :

– Nous n'avons pas fixé de jour, pour février. Je vous propose le dix. Vendredi dix février, dix heures trente. Ici.
Ensuite, elle l'aurait remercié, elle l'aurait salué et elle aurait fermé la porte derrière elle. Oh ! Elle aurait même pu ajouter quelque chose de plus précis. Elle aurait pu lui dire combien cette entrevue était importante pour elle, combien elle l'avait préparée, combien elle en avait rêvé.

Une dizaine de jours après leur entretien de janvier, elle décida avec résolution de tout faire pour mener son plan jusqu'au bout.
Elle ne s'empêcha plus de penser à lui. Certains soirs, au lieu de regarder une série, elle écoutait sa voix. Elle reprenait l'enregistrement qu'elle avait fait elle-même ou bien elle ouvrait encore les émissions de radios podcastées qui l'incluaient dans la liste des invités. Elle regarda à nouveau les vidéos d'interviews de lui que l'on trouvait sur internet, même celles qui duraient cinq minutes, prises à la volée, parfois dix ou vingt ans plus tôt. Elle souriait de le voir avec plus de cheveux, elle retrouvait le visage qu'elle avait vu dans la lumière de la maison de Carnac, mais plein de cette candeur qu'offrent les ans en moins. Elle se créait son propre album de famille en feuilletant un passé de presse.
Elle invita donc son père à faire partie de sa vie sans qu'il n'en sache rien.
Lorsqu'elle répondait aux élèves, elle avait le sentiment qu'il était là, quelque part dans la salle. Elle lui offrait de

s'asseoir à côté d'elle, sur une chaise à côté du piano, puis sur le banc face à la mer au bout du cours des Dames. Elle se laissa complètement aller dans les délices de l'imagination. Brusquement, son père fut partout, il se glissa dans tous les interstices de sa vie, il vint habiter les recoins de son quotidien, les endroits cachés de tout ce qui lui était familier. Elle improvisa en rêvant, elle pensa qu'elle lui racontait son histoire, qu'elle lui décrivait les objets qu'elle avait gardés dans son appartement, qu'elle lui parlait des films qu'elle aimait et de ce qu'elle choisissait quand elle entrait dans une boulangerie à l'heure du goûter.

Un soir après le départ du dernier élève, elle s'assit au piano pour jouer un morceau en imaginant qu'il était là. Qu'il demandait, même, à l'entendre.
Elle frôla quelques touches du bout des ongles. Elle se souvenait qu'il avait dit qu'il aimait Chopin. Elle avait fait des recherches pour savoir s'il avait mis dans ses pièces musicales, puisqu'il en avait monté plusieurs qui avaient visiblement marqué sa carrière, un morceau précis du compositeur. Elle n'avait rien trouvé. Alors, elle décida de jouer la *Fantaisie-Impromptu*. « Tout le monde aime la *Fantaisie-Impromptu* », se dit-elle en haussant les épaules. Valeur sûre. Elle la connaissait bien, elle l'avait jouée en concert, quelques années plus tôt. Elle se souvenait de ce moment et de la présence de sa mère, au dernier rang.
Elle pensa qu'ainsi, elle allait offrir le même morceau à ses deux parents, sans qu'ils ne le sachent eux-mêmes.

Il y eut ce soir-là, dans les notes qui couraient au vent, tout le feu de ce manque que creusait ce père retrouvé, tout l'amour qu'il faisait bouillir sans le savoir. Et les flots presque cristallins des descentes chromatiques devinrent aériens, emplis d'une légèreté qu'elle n'avait jamais réussi à atteindre jusqu'alors.

Quand le morceau s'acheva, elle resta de longues secondes les deux mains plongées dans les profondeurs du clavier et retarda le moment où elle les poserait sur ses genoux, le moment où ses doigts ne diraient plus rien.
Lorsqu'enfin, la pièce fut vide d'échos, lorsqu'on n'entendit plus un souffle, sinon peut-être quelques rires au loin d'un dernier groupe d'élèves qui quittait les lieux, lorsque tout semblait s'éteindre et mourir dans la nuit de janvier, elle ferma le couvercle du piano en pensant que la rencontre avec son père n'avait peut-être que ce seul but. Celui de lui faire jouer un Chopin un peu technique, seule avec ses souvenirs et ses projections, seule avec ce sac de nœuds dans la tête constitué de tout ce qui aurait pu être et qui n'était pas. Elle pensa qu'il était possible que tout, dans cette histoire, ne l'ait menée que jusqu'ici. Elle ne reverrait peut-être jamais François Comino. Elle regarda alors sa montre et sortit d'un pas résolu.

⁂

La porte d'Olivier s'ouvrit sans grincer. Elle avait encore un double de la clé, qu'il lui avait prêté à l'époque où il s'occupait souvent de Constance. Elle avait voulu la lui rendre et il lui avait conseillé de la garder, « au cas où ». Elle ne l'apercevait que très occasionnellement, depuis le soir de la première. Elle voyait des gens entrer et sortir de son appartement, des filles assez régulièrement, et elle ne voulait pas en savoir plus.

Comme elle l'avait prévu, l'appartement était vide. Constance, qui lui tenait la main, entra en même temps qu'elle.

– Tu es sûre de tes horaires ? demanda Rosalie à sa fille.

– Ah, oui ! répliqua la petite fille en haussant les sourcils. Certaine. Le mardi et le vendredi, à partir de dix-huit heures.

– Mais il va où ?

– Il va où pour courir, tu veux dire ?

Constance affirmait qu'Olivier partait courir deux fois par semaine, ce que Rosalie avait du mal à croire, parce qu'elle ne l'avait jamais vu entreprendre une démarche sportive. Mais elle faisait confiance à Constance, qui, mieux qu'elle, gardait un œil sur son voisin.

– Je crois qu'il court dans le centre-ville. D'ici, il rejoint le Vieux-Port de La Rochelle. Il m'avait dit qu'il allait jusqu'à Notre-Dame et qu'il revenait. Je pense qu'il a gardé le même trajet. Je l'ai déjà vu revenir, en surveillant depuis ma fenêtre. Mais là, on n'a plus beaucoup de temps.

Rosalie, sans répondre, balaya la pièce des yeux. Résolue, elle s'approcha de la table de la cuisine et ouvrit l'ordinateur de son voisin. Constance lui épela le mot de passe, le plus tranquillement du monde. Le bureau révéla alors toutes ses icônes et Rosalie eut un regard un peu effrayé vers sa fille.

– Tu vois, dit Constance. Il change jamais. De mot de passe. Je t'avais dit.

Rosalie baissa la tête et elle fit glisser ses doigts sur le pavé tactile. Enveloppe, ouverture, écrire à. Elle sortit une petite feuille chiffonnée au fond de son sac et la posa à côté d'elle. Elle se mit alors à recopier quelque chose.

– Quelle heure ?

– Grande aiguille presque sur le dix, dit Constance d'une voix paisible. D'habitude, il rentre à dix-neuf heures.

Rosalie tapa encore quelques mots, elle eut à peine le temps de se relire. Elle vérifia l'objet, le destinataire, puis fit glisser la souris sur « envoyer ». Il y eut un petit bruit d'envol, qui signait l'acte illégal qu'elle venait de commettre. Rosalie avala ses regrets et son sens de la morale. Elle était persuadée qu'elle faisait le bon choix. Elle s'en voulait simplement de montrer son méfait à Constance, comme s'il était habituel et banal de prendre les ordinateurs des voisins dans ce monde, pendant qu'ils franchissent le passage de l'Horloge en courant sans se douter de rien. Elle haussa les épaules. Elle aurait le temps de l'expliquer à sa fille, plus tard. C'était avec son père qu'elle manquait de temps, pas avec elle. La vie de Constance serait encore largement assez ample pour qu'elles aient des discussions éternelles sur ce qui compte. « Au moins, se disait-elle, cette relation de filiation a le luxe des heures longues. » Rosalie avait été avec elle dès le début. Les liens avec son père seraient à jamais cassés et curieux, tout pleins de cicatrices et de manques. Elle se consolait donc de ceux qu'elle avait avec sa fille, qui avaient moins souffert.

Elle relut le message envoyé, eut une minute d'hésitation, et Constance, à côté d'elle, dansait d'un pied sur l'autre. La petite fille alla vers la fenêtre.

– Il est en bas, dit-elle en chantonnant.

– Qui ?

– Comment, qui ? Olivier ! Il est en bas.

– Quoi, quoi, il est en bas ?

– Ah ! La porte vient de claquer, là. Il monte. Il va nous voir.

Constance semblait ravie de la situation.

– Mais, mais, répétait Rosalie.

Elle se mordit les lèvres, regarda sa montre à nouveau et exprima dans l'affolement quelques phrases sans suite qui rappelaient qu'elle pensait avoir du temps, du temps, du temps.

Elle cliqua encore plusieurs fois, supprima toute trace du message, mit le papier en boule dans sa poche. Elle attrapa Constance par la main et la tira avec force vers la porte. Sa fille s'exécuta d'un pas léger, en riant un peu. Rosalie tira sur la porte en tournant la clé vers la gauche pour qu'elle se referme sans bruit. Elle eut le temps de faire un tour de clé vers la droite, tandis que Constance descendait les escaliers en courant.

– Olivier ! entendit-on.
– Constance ?
– Mais Olivier, je ne te vois jamais ! Je pense que tu travailles trop. Les reportages, ça va bien cinq minutes. J'aimais bien, tu sais, quand je venais chez toi sans arrêt. C'était il y a longtemps. Ou pas si longtemps, d'ailleurs, enfin, moins longtemps pour toi que pour moi À mon âge, ça fait toujours longtemps. C'est maman qui dit ça. Elle me fait rire. Enfin, j'ai l'impression que quand je venais chez toi, c'était avant. Avant quoi, ça je ne sais pas bien. Mais avant. De ça je suis sûre.
– Oui…
– Je viendrai chez toi, bientôt ?
– Si tu veux.
Olivier avait parlé en essayant de continuer à monter les escaliers, mais Constance était toujours quelques marches au-dessus de lui et elle montait en lui faisant face, à reculons, très lentement. Elle ajouta d'une voix légère, le regard rêveur :
– Ton appartement, Olivier ! Il faut ranger, un peu. Tu sais, je me souviens que tu disais que je mettais tout en désordre. Alors que c'était faux. C'était exagéré. Le vrai désordre, c'était ta faute. Si tu veux, je t'aiderai. Parce que quand je viens, c'est comme si tu te souvenais que tu avais besoin de vivre dans l'ordre. Ça te fait comme un petit « ding » de rappel. Et alors, tu t'actives, tu nettoies, tu tries. Et c'est mieux.
– C'est mieux ? répéta Olivier en arrivant enfin à son étage devant sa porte.

Il regarda la petite fille qui semblait chercher quelqu'un dans l'escalier de l'étage suivant.
– Ta mère est là ? Tu n'es pas toute seule ?
– Oui oui, elle est là-haut. Je descendais juste voir le courrier. Et il n'y avait rien. Parce que j'attends toujours pour voir si mamie m'a écrit. Avant elle m'écrivait souvent. Enfin, souvent... Disons, une fois tous les mois. Et ça, c'est plutôt souvent. J'aimais bien. Maintenant, c'est moins que ça, moins qu'une fois tous les mois. Je pense que plus on vieillit, moins on sait ce que c'est, un mois. Peut-être parce que ça fait trop de peine de voir les mois. Seulement douze par ans. Tu sais qu'il y en a douze ? C'est pas beaucoup. Moi je me souviens, du début de cette année. On a fait une petite fête. On aurait pu t'inviter. Bon, fit-elle en secouant la tête comme on le fait chez des amis à la fin d'une longue soirée, bon. C'était très bien de discuter avec toi, Olivier. Tu es toujours le même. Tu ne changes pas. C'est ça qui est bien avec toi.
Olivier mettait sa clé dans la serrure de sa porte, sans lâcher Constance des yeux. Il la regardait comme on inspecte, sur la terrasse au printemps, les fourmis qui se relaient pour porter des grains de sucre qui font trois fois leur taille.
– Salut, dit Constance en faisant un petit signe de la main.
Il bredouilla quelque chose en retour et ferma la porte derrière lui.

⁂

Dans le salon de coiffure de la rue de l'Olivette, le ballet touchait à sa fin. Face au miroir, il ne restait qu'une cliente. Elle demanda à la coiffeuse de rectifier encore, de raccourcir la frange, et la jeune fille s'exécuta en disant :
– Moi, si on me demande, je coupe.
Elle saisit à nouveau ses ciseaux effileurs et essaya de s'appliquer, mais de le faire vite. Dix-huit heures, elle était censée partir à dix-huit heures. C'était toujours pareil. Elle serait en retard pour le dîner. À moins de rouler vraiment vite. La cliente ne semblait pas pressée, ce sont toujours les moins pressés qui passent en dernier.
– Merci, dit la cliente en jetant un coup d'œil dans le miroir. Vous êtes ici depuis quand ?
– Un mois, presque, ça fait…
– C'est pour ça.
Cette dame parlait toujours comme si tout était évident.
– C'est pour ça que quoi ? demanda la jeune fille.
– Que je ne vous connais pas ! Et pas : c'est pour ça que je vous demande de retoucher. Je ne me permettrais pas !
La jeune fille hocha la tête d'un air entendu en mâchant son chewing-gum. Elle esquissa même un sourire.
– Je ne connais pas tout le monde, dit encore la cliente comme une évidence. À vrai dire, je ne connais même pas grand monde. Dans la vie en général, je veux dire. On ne connaît jamais grand monde. J'aurais bien aimé. Je n'aurais pas aimé être connue, mais j'aurais bien aimé connaître. Connaître… je ne sais pas. Des gens.
– Il faudrait arrêter de bouger, par contre. Parce que…
– Oui, alors attendez, parce que je n'ai pas fini.

Les deux femmes se regardaient encore dans le miroir, et la coiffeuse répondit :
– Moi non plus.
– Vous non plus quoi ?
– Moi non plus, je n'ai pas fini. Votre coupe.
– Ah ! Mais moi, je n'ai pas fini de parler. Qui décide ce qui est le plus important ? Qu'on coupe ou qu'on parle ?
– Ben, c'est-à-dire que là c'est pour mon métier quoi. Enfin pour le valider. Mon stage.
– Ah ! dit la cliente en balayant l'air de la main, si c'est pour valider…
– Oui.
– Alors, validez. Validez avec ma frange. Vous voulez que je dise du bien de vous aux autres ? Aux patrons ? Moi je veux bien. Vous vous appelez comment ?
– Leslie.
– Leslie, écoutez, je dirai en sortant : « Leslie m'a vraiment bien réussie. Leslie ne m'a pas loupée. » Allez-y, je me tais.
Leslie eut encore un sourire. Cette femme lui plaisait. Elle se fichait bien de ce qu'elle pourrait dire sur ses compétences en sortant, mais elle la trouvait drôle et différente.

Colette Sauvage était connue du salon pour être de celles qui avaient leurs exigences. Elle n'était pas une cliente pénible, il se dégageait au contraire une certaine douceur de chacune de ses visites et elle faisait toujours preuve d'une politesse très appuyée ; mais elle était particulièrement douée pour s'imposer sans rien forcer. Les coiffeurs disaient souvent que madame Sauvage portait bien son nom ou qu'il s'agissait d'une tendre originale, et la plupart des personnes qui s'étaient occupées d'elle s'en souvenaient très bien.

– Ça vous va ?
Leslie tenait un miroir pour que Colette puisse voir l'arrière de sa tête.
– C'est très bien.
Colette se leva pour enlever sa blouse.
– C'est parce que, vous comprenez, ce soir, j'ai rendez-vous.
– Moi aussi.
– C'est ma fille, moi, que je vais voir, dit Colette en souriant. C'est important.
Leslie acquiesça.
– Chère Leslie, merci. Je le dirai aussi à ma fille, que ce que vous avez fait, c'est bien, c'est vraiment très bien.
Leslie haussa les épaules.
Colette était déjà à la caisse, face à une autre coiffeuse qu'elle avait l'air de connaître.
– C'est vrai, dit Colette, regardez comme c'est bien. Regardez-la, elle hausse les épaules, parce qu'elle est encore à un âge où on ne s'émerveille pas qu'on nous dise qu'on a bien fait. Ça vient après. Il y a un moment où… Ça compte davantage.
– Vous croyez ? dit la coiffeuse qui rendait la monnaie en souriant.

– Oui, dit Colette avec sérieux. Il paraît que plus on vieillit, plus on se moque du regard des autres. Et en fait, vous savez quoi ? C'est l'inverse. Plus on vieillit et plus on cherche l'approbation des autres, peut-être parce qu'on cherche leur amour aussi. Au début on se dit : « Ils n'ont qu'à m'aimer comme je suis. » Et après, on se dit : « Pourvu que j'aie un peu fait ce qu'il fallait pour que quelqu'un m'aime. » « Pourvu qu'il ne soit pas trop tard. » Trop tard, vous comprenez, trop tard pour quoi, on ne sait jamais trop, peut-être trop tard pour tout. Trop tard pour qu'on nous aime assez. On vit pour ça. Pour qu'un jour, on nous aime assez.
Elle leva brusquement la tête.
– Allez, reprit-elle. Merci pour tout.
Et elle sortit en saluant l'ensemble de la pièce.

– Elle est spéciale, quand même.
Leslie passait un dernier coup de balai pendant que l'autre coiffeuse remettait en ordre les sièges du fond.
– Oh ! Il y en a plein, des spéciales, dit cette dernière. Des spéciaux, d'ailleurs, parce que ça, des hommes spéciaux, il y en a, et sans doute encore plus.
– C'est qui, sa fille ?
– Je ne l'ai jamais vue.
– Elle m'a dit qu'elle avait rendez-vous.
– Ah, oui, Colette Sauvage, c'est normal ! Elle dit sans arrêt qu'elle a rendez-vous avec sa fille, mais personne ne la voit jamais, cette fille. Enfin, je ne dis pas qu'elle ment, elle a bien une fille. Mais concrètement, elle ne

vient pas souvent. Tu vas voir, elle va revenir la semaine prochaine, en disant que sa fille a eu un empêchement, et elle affirmera : « Mais là, elle vient aujourd'hui. » Elle fait le coup régulièrement. On a sans arrêt l'impression qu'elle va commencer quelque chose. Qu'elle est à l'aube d'un changement dans sa vie. Qu'il y a un début, là, à portée de main. Mais sa fille, elle ne vient pas.
– C'est dommage.
– Je ne sais pas, dit l'autre en soupirant. C'est la vie.
Leslie enroulait les rallonges électriques des sèche-cheveux.
– On en voit, des choses, dit l'autre.
Leslie n'osa pas demander quelles choses. L'autre reprit tout de même :
– T'en as, des vieux, ils viennent, ils disent « C'est important », « C'est un grand jour » et paf, ils meurent ce jour-là. Ça m'est déjà arrivé, moi. Et à Corinne aussi. T'imagines ?
Elle laissa flotter le fruit de leurs imaginations dans le silence. Leslie refusa de penser que la dernière personne qu'aurait vue Colette Sauvage avant son décès aurait été elle-même, Leslie Guyonnet. Une frange, un éclair, puis la nuit. Elle s'aventura à demander :
– Tu veux dire qu'ils savent à l'avance ? Qu'ils vont mourir ?
– Je n'en sais rien.

Dans l'équipe, on disait à voix basse qu'il s'agissait de faux suicides. Une forme d'abandon, un refus d'ouvrir les yeux, de se lever, de se battre encore contre ce qu'il reste de vie à traverser, un appel à la mort, qui venait chercher le client comme on prend quelqu'un sous le bras pour traverser la rue. Personne ne décide l'heure de sa propre conclusion. Et pourtant tout le monde fantasme un dialogue avec la mort. Les humains la fuient, ils la repoussent, ils la craignent ; puis vient le moment où, pour certains en tout cas, ils se sentent prêts, pour des raisons diverses, des raisons que l'on n'a pas le droit d'interroger. Et la mort vient, sans même qu'ils aient besoin d'intervenir. Alors, il n'y a pas grand-chose à faire. Ils ont décidé que le moment était là, sans le dire à personne, et leurs yeux se ferment sur leur dernière décision. Il reste alors sur leur visage toute une sérénité que l'on ne pourrait feindre, tout l'apaisement d'avoir, pour une fois, pour la dernière fois, pour la seule vraie fois peut-être, été exaucés.

Leslie courba le dos pour glisser le bras dans son manteau.
– Dingue, dit-elle simplement.
Elle ignorait elle-même ce qu'elle voulait qualifier. Elle ne savait pas si elle avait dit cela parce qu'elle digérait cette histoire de fin de vie, ou parce qu'elle imaginait Colette Sauvage s'écrouler au sol avant d'arriver chez elle en se tenant la frange, ou encore parce qu'elle pensait à la variété des clients, en général, et au spectacle insensé que constitue l'humanité. Elle s'arrêta, prit un air navré pendant une seconde et regarda vers la fenêtre.
– C'est comme si on était devant des films tristes, murmura-t-elle.

L'autre la regarda. Elle eut un de ces sourires que l'on fait devant un enfant qui ne comprend rien et elle répondit :
– Heureusement, il y a les débuts. Il ne faut pas sous-estimer les débuts.
Mélanie prit l'idée pour la garder quelque part.

XIII

– Quand tu viens comme ça, à l'improviste, c'est surtout pour voir la mer ou pour me voir, moi ?
Anne haussa les épaules et regarda le fond de sa tasse. Il restait quelques gouttes de thé dont la couleur n'était pas uniforme, celles qui déposent un petit sillage de tanin si on les fait tourner au creux de la porcelaine.
– C'est une vraie question, répéta-t-il.
Anne planta ses yeux dans ceux de son père. Elle avait une couverture sur les épaules.
– Ni l'un, ni l'autre. Je viens pour le vent. Le vent d'ici a un parfum. Il sent le flux et le reflux.
Sa fille était arrivée au matin, comme d'habitude. Elle avait roulé dès l'aurore, comme d'habitude. Mais contrairement aux visites ordinaires, celle-ci semblait échapper encore davantage à la planification. Il n'y avait ni croissant, ni valise. Il y avait tout juste un sac à dos. Même son téléphone était resté dans le fond de son sac. Elle ne l'avait jamais consulté depuis son arrivée. Elle s'était assise dans un des deux fauteuils, et elle avait simplement voulu une couverture et un thé. Rien d'autre.
– Tu veux discuter, Anne ?

Elle posa la tasse sur la petite table, se leva, ouvrit la porte du jardin et s'étira sur la terrasse. Le jour se levait, timide, bleuté encore, un jour avare de plein hiver. Timidement, François Comino sortit à son tour. Il évita de la regarder et, pour se donner l'impression que la situation était normale, il inspecta scrupuleusement le tronc du grand hêtre.

– Quand tu étais petite, tu aurais voulu une balançoire. À Paris, il n'y avait pas de jardin. Même pas de terrasse. Alors tu voulais qu'on l'accroche dans ta chambre. Tu la désirais tellement, cette balançoire ! C'était comme si rien d'autre ne comptait. Tu vois, sur cette branche, là… on pourrait en mettre une.

– Pour qui ?

Il ne répondit pas. Elle laissa son regard se perdre à l'horizon.

– Il y a une chanson grecque qui dit quelque chose comme « Vivement les étoiles en février », dit-elle. En Grèce, février, c'est le début du printemps.

– Ah… murmura-t-il en retour sans la regarder.

C'était bien le genre d'Anne, se disait-il. Espérer les étoiles à venir en regardant l'aurore. Il fallait toujours qu'elle ait une longueur d'avance. C'était comme si elle voulait s'éviter d'avoir à regretter quelque chose. Elle pensait toujours à la naissance d'après, sans se réjouir de ce qui naissait, déjà, là. Il se disait souvent qu'à son premier accouchement, elle penserait déjà au suivant.

Il ne parlait jamais d'enfant avec elle. Il n'osait pas. Anne était redoutable pour fermer les portes. Alors il faisait

semblant de ne pas voir la porte, il passait devant sans la toucher, il remontait le couloir en mettant les mains sur ses deux yeux. C'était là sa meilleure stratégie pour éviter les murs hauts, les ponts détruits et les regards muets.
Nous étions le onze février. La dispute avec Axel avait eu lieu la semaine précédente. Anne avait l'impression que tout se mêlait : la dispute, l'appel, le sol blanc de l'hôpital. Le transfert. Désormais, il fallait attendre. Elle le savait : il s'agissait du pire moment. « L'attente bêta », comme ils disent. Elle avait le loisir de s'inventer mille symptômes, qu'elle cherchait à chaque fois sur internet pour savoir s'il s'agissait d'un bon signe ou d'un mauvais signe. Chaque jour était infini. Elle avait mal partout, elle avait la nausée, elle tremblait légèrement, elle dormait mal, sans savoir si tout cela était dû à une grossesse débutante ou au traitement. Il fallait attendre le résultat de la prise de sang. Certaines achetaient des tests en pharmacie, alors même que le résultat pouvait être faussé. Anne avait toujours réussi à ne pas le faire. Elle attendait la prise de sang. Comme une bonne élève.
– Si je n'habitais plus ici, dit soudain son père, tu y habiterais ?
Elle eut un silence.
– Pourquoi ? Tu veux déménager ?
Il la regarda.
– Je te demande si tu y habiterais, mais, vraiment. Pas si tu y viendrais passer tes vacances. Je n'ai pas besoin de quelqu'un pour tailler les lavandes et faire les vitres. Je veux juste savoir s'il y aurait toujours de la vie, ici.

– Papa, tu veux encore quitter Paris ? soupira Anne. Ça te prend à chaque printemps. Je t'ai toujours entendu nous bassiner avec ton envie de province. Tu ne l'as jamais fait. C'était ta promesse à toi-même, tu ne l'as pas tenue, tu as trouvé ici, à la place. C'est un bon compromis. Tu ne voudrais pas, d'ailleurs, t'y installer vraiment ? Définitivement ?
– Tu veux dire, jusqu'à la mort ?
Anne eut un petit sursaut.
– Je n'ai pas dit ça.
– Si. Tu as dit « définitivement ». Quand on a mon âge, c'est pareil que « jusqu'à la mort ».
– Pas forcément.
– Et d'ailleurs, Anne, je vais te dire. Il est hors de question que je me mette à penser en « définitivement ». Définitivement, je vais me lever plus tôt, définitivement, je boirai le café de cette marque, définitivement, je vais porter des vestes grises. Et après, le définitif m'envahira, il sera la couche de sel qui se dépose sur la peau et qui blanchit au soleil, celle qui parfume à long terme et qui assèche tout. Je serai englué dans le définitivement. Je serai tout entier capturé dans le filet de ce que l'on décide et qui, imperceptiblement, devient routine.
– Moi, j'ai plein de routines. C'est très bien la routine.
– C'est parce que tu es encore jeune. Quand on est jeune, on peut se permettre d'en avoir. Les routines sont des rituels, des habitudes légères, gracieuses, presque poétiques. Quand on est vieux, ce sont des ancres qui nous entraînent vers le fond.

Il alla vers la terrasse et s'assit douloureusement par terre. Il ferma un peu les yeux en appuyant le dos contre le mur de sa maison. Anne soupira.
– Tu veux habiter où ?
– Nulle part ! Je crois que c'est ça, mon rêve. Je voudrais habiter nulle part. Plus je vieillis, plus l'enracinement me terrifie.
– Et pourtant. C'est si rassurant. Moi j'aimerais bien avoir une maison. Une vraie maison, qui serait chez moi, qui serait mon espace à moi. Je t'envie, pour ça. J'aime bien venir ici, c'est un peu mon île à moi aussi. Mais ce n'est pas à moi, ce n'est pas chez moi.
– Et si je te cède la place ?
– Ça, je ne pense pas que ce soit possible, dit-elle en riant.
Et comme il ne répondait pas, elle reprit, plus sérieusement :
– Tu as eu une proposition de poste ? Ailleurs ?
– Le TNBA. Bordeaux.
Anne eut un vrai rire incrédule.
– C'est vrai ?
– Oui.
– C'est bien, papa... Non ?
Elle regardait son air grave et ajouta :
– Bordeaux-Carnac, c'est faisable, non ? Ou bien tu restes plus souvent à Paris. Paris-Bordeaux, ce n'est rien. Et tu gardes Carnac pour... de temps en temps. Pour tes escapades. Tes fugues d'adolescent.
– Je ne sais pas.
– Tu ne veux pas ?

– Je ne sais pas si je vais accepter. J'ai presque soixante-douze ans. Ce serait une direction pour… quoi ? Un an ? Deux ? Et puis, c'est un mal français, ça, de confier des théâtres à des artistes. Des passionnés qui oublient de montrer les autres parce qu'ils ont tellement envie de se montrer, eux-mêmes. J'ai fait partie de ceux-là. Je détestais inviter des gens dont j'étais jaloux. Je suis fatigué, Anne. Je suis fatigué de cette mascarade.
– Justement ! C'est parfait. Tu feras ça tellement bien. Tu seras le premier directeur de TN qui s'oublie. Tu vas faire fureur.
– Ne plaisante pas.
– Je suis très sérieuse. Regarde-moi.
Il chercha des yeux quelque chose sur le visage d'Anne, une preuve d'affection et de confiance peut-être, cet éclat d'admiration qu'elle avait quand elle le regardait et qu'elle avait cinq ans.
– Je te regarde.
– Bon. Alors. Qu'est-ce que tu vas faire ?
– J'ai un mois pour décider. Je réfléchis. Et je crois que je ne veux pas. Simplement. Je ne veux pas. Mais si je ne veux pas cela… Je ne sais pas ce que je veux d'autre.
– Tu en as parlé, autour de toi ?
– À personne.
– Bien, bien, acquiesça Anne. Alors, papa. Dans le mois qui vient, tu restes ici, tu fais des promenades en mer, tu marches sur la plage, tu respires. Et après, tu décides. Le TNBA, papa ! C'est un beau projet ! Tu as besoin de projets.

Elle vint s'asseoir à côté de lui, à même les planches de bois de la terrasse.

– C'est un beau projet pour un presque retraité ?

– Je n'ai pas dit ça, se défendit-elle.

– C'est ce que diront les journalistes.

– Eh bien ! dit-elle avec emportement. On les laissera dire. De toute façon, en ce moment, ils ne disent rien de bien sur toi. Ça fait un moment que les articles tirent la tronche. Suite au *Dom Juan*… C'est pire encore. Tu sais, l'article, d'Elena Thomasini, pour *Le Figaro* ? « Pièce ronflante bla-bla-bla ? »

Elle sortit son téléphone et fronça les sourcils pour mieux voir :

– « Une pièce ronflante, une mise en scène périlleuse, au point que l'on soupçonne une attirance nouvelle pour la cacophonie. » C'est en tête si on tape ton nom sur Google ! Clac. Cette rapidité me terrifie. Une phrase dans un papier devient ligne d'or sous ton nom, comme si on la tatouait quelque part sur toi, comme si on l'écrivait en rouge dans ton CV. On marche sur la tête.

– Je m'en fiche un peu, de ce qui sort si on tape mon nom.

– Personne ne s'en fiche.

– Il y a, tout de même… Il y a cette journaliste, tu sais. Celle qui est venue me voir en janvier.

– Ah ! fit Anne dans un sursaut. Cette fille ! Rosalie, c'est ça ? Alors, justement ! Justement, je voulais t'en parler.

Elle se leva, s'approcha de lui et lui montra son téléphone comme une pièce à conviction.

– Tu m'en as tellement parlé que je l'ai cherchée, cette fille.
– Tu l'as cherchée ? Attends. Où ?
– Pas à Paris, dit Anne dans un mouvement d'évidence. Sur internet. J'ai tapé son nom, à elle aussi. Et je n'ai rien trouvé.
Son père se leva d'un bond.
– Mais, Anne ! Pourquoi ? Quelle idée !
Il répéta « quelle idée », en faisant « non » de la tête et en se frottant les yeux, incrédule.
– Écoute, répondit-elle tranquillement. Ça m'inquiète un peu. Tu me dis qu'une fille a passé du temps ici, tu as l'air touché par cette discussion. Tu sais quoi ? Tu ne serais pas mon père et je ne connaîtrais pas ton histoire, je te croirais presque séduit. Sous le charme.
– Mais non ! Non !
François Comino fit un tour sur lui-même, mit les mains sur sa nuque, puis croisa les bras et les décroisa.
– Calme-toi, papa. Tout de même, je m'interroge. Je me questionne sur cette femme bizarre qui t'a fait une impression si forte que tu m'en parles à chaque coup de fil. Rosalie Colette, en plus. Tu parles d'un nom.
– Et alors ?
Il était brusquement intéressé. Anne s'approcha de lui et plissa les yeux.
– Et alors… Rien. Ta Rosalie Colette, elle est introuvable. Aucun article en ligne, aucune page professionnelle, aucune mention. Nulle part. C'est bien simple, on dirait que…
– On dirait que ?

Anne finit sa phrase dans un souffle, avec un air de défi :
– On dirait qu'elle n'existe pas.
François Comino mit ses mains sur ses hanches et fit quelques pas.
– Elle a pu changer de nom.
– C'est ce que je me suis dit. Alors j'ai cherché une Rosalie, tout court, sur le site de Radio France. Et : rien. Pas une seule Rosalie dans leur équipe. Je ne sais pas qui est cette fille. Ni ce qu'elle te veut. Mais elle t'a menti.
François Comino prit un air rêveur, toujours en faisant « non » de la tête, comme pour refuser une proposition invisible.
Puis, brusquement, il rentra dans la maison et revint en portant son ordinateur portable ouvert à bout de bras.
– Et ça, dit-il fébrilement. Regarde. Olivier Maglione. Tape, tape : « Olivier Maglione ».
Il posa l'appareil sur la table de la terrasse et Rosalie regarda tour à tour le visage de son père, hagard, et l'écran allumé. Elle lut à voix haute.

– « *Cher monsieur Comino,*
Vous avez rencontré ma collègue Rosalie Colette le sept janvier dernier. Il était convenu qu'elle vienne à nouveau vous voir le dix février. Malheureusement, celle-ci a un empêchement et sera indisponible à cette date. Je pourrais moi-même la remplacer. Néanmoins, il est toujours possible de décaler votre entrevue pour que ce soit de nouveau mademoiselle Colette qui vienne vous voir. Elle propose la date du dix-neuf février, à dix heures. Si vous préférez faire

ainsi, vous pouvez écrire directement à son adresse, elle me communiquera le changement. Sinon, nous maintenons avec moi la date du dix.
Cordialement,

Olivier Maglione
Journaliste à Radio France »

Anne avait lu le mail d'une voix monocorde. Elle se mordit la lèvre, saisit son portable et se mit à pianoter.
– Alors ?
Elle chercha encore en silence, du bout du pouce.
– Effectivement, fit-elle comme à regret.
– Ah !
– Olivier Maglione. Là. Il existe. Même adresse mail.
– Ah, ah ! criait-il victorieusement. Donc, Rosalie Colette aussi. Je savais bien que personne n'arnaquait personne !
– C'est tout de même étrange, que je ne la trouve jamais, elle. Même dans ses projets à lui, son nom n'apparaît pas. Aucune Rosalie.
Elle resta quelques minutes à regarder son téléphone, puis le mit dans sa poche.
– Ça ne me suffit pas. Ça ne veut rien dire. Ce n'est pas le type, qui m'intrigue, c'est cette fille.
Elle était presque soulagée de pouvoir laisser la colère contre une inconnue remplacer ses doutes, ses craintes et cette terrible impression d'attente qui ne finit jamais.
– Et alors, dit-elle enfin, tu as fait quoi ?
– J'ai fait quoi, quand ?
– Eh bien ! Là, au message, tu as répondu ?

– J'ai écrit directement à elle. Je préférais que ce soit elle.
– Tu vois bien, papa. Cette fille, elle te fait quelque chose.
– Tu ne comprends pas… Elle m'intrigue. Elle est curieuse. Elle a un truc autour d'elle. Quand elle entre quelque part, elle doit donner envie de la suivre. Moi, j'ai envie de la suivre.
Anne soupira.
– Le dix-neuf, c'est dans une semaine. Je serai là.
– Comment, là ?
– J'ai pris quelques jours de vacances.
– Toi ? Toi, tu as pris quelques jours de vacances ?
– Je reprends le travail le vingt.
François se tut : il savait qu'elle ne dirait rien de plus. Certaines phrases d'Anne étaient redoutables et fermaient toute issue à la conversation.
– Il faudra que je fasse un aller-retour à Paris, dit-il pourtant comme en s'excusant. J'ai une troupe à voir, j'avais promis une intervention… Je reviens le dix-sept, je peux être là dès midi si tu veux.
Sa fille fit un petit geste pour lui indiquer que ce n'était pas un problème. Il reprit :
– C'est pour Luca. Luca Slezac, tu sais.
– Je ne me souviens pas. C'est un ami ?
– Il n'y a pas beaucoup d'amis dans le monde des metteurs en scène.
– Allez, dit-elle en levant les yeux au ciel. Encore ça. Comme si tu étais seul, papa.
– Nous sommes tous seuls, dit-il implacable. Je ne veux pas qu'on me plaigne. Mais, simplement : c'est ainsi.

J'ai cru pendant des années avoir des amis. Alors qu'ils n'étaient, en fait d'amis, que des collègues, des rivaux au pire, des opportunistes au mieux.
Elle se frotta les yeux et murmura :
– J'ai presque cru que c'était une actrice, ta Rosalie. Je veux la voir.
Son père fit un bond.
– Une actrice ! Mais… qui voudrait quoi ? En savoir plus sur moi ? Me convaincre de travailler pour elle ?
– Je ne sais pas. Je n'y avais pas vraiment réfléchi. Te séduire, peut-être.
Il croisa les bras.
– Tu as si peur que ça d'une femme qui viendrait me séduire ?
Il rougissait, et sa fille ne disait plus rien.
– Non, reprit-il, non. L'histoire du metteur en scène qui quitte sa famille d'un seul coup et qui part avec une actrice, elle a déjà été jouée. Ma mère ne s'en est jamais remise.
– Je sais.
– Non, Anne. Tu crois savoir, parce que tu te dis que je te l'ai raconté et que tu imagines ce que c'est. Mais tu n'en sais rien.
Elle le fixait, l'œil terrible, le buste droit.
– Anne… Tu sais de quoi ta mère est morte. Un an pour nous préparer, c'est tout ce que nous avons eu.
– C'était court.
– Mais c'était déjà un an. Ma mère à moi, elle n'a même pas eu un an pour se préparer. C'est arrivé sans prévenir.

Du jour au lendemain, il était parti avec sa valise retrouver cette fille. Et nous l'avons revu peut-être deux fois, ensuite. Trois, si je compte l'enterrement. C'était… imprévisible.
– Il est rare que de telles choses arrivent sans prévenir.
Il la regarda brusquement, comme sidéré.
– Je veux dire, continua-t-elle en faisant deux pas comme un avocat qui plaide, que ces situations ne naissent pas de rien. Il y a un terrain. Il y a un ensemble, des circonstances, une atmosphère. Ne me fais pas croire que tes parents nageaient dans le bonheur !
– Non.
– Tu vois !
– Mon père n'était jamais là. Ma mère avait délaissé sa carrière et elle lui en voulait pour cela, même moi je le voyais. Mais tout de même, il y avait quelque chose qui nous faisait penser qu'il ne partirait jamais vraiment. Il avait beau s'emporter, se mettre en colère contre elle, crier qu'il finirait par claquer la porte : on pensait qu'il n'oserait pas. Il a crié qu'il allait partir tous les soirs, pendant des années. J'étais dans mon lit, j'entendais chaque dispute. Parfois, je me levais, j'entrebâillais la porte de ma chambre, très peu. Je laissais quelques millimètres d'ouverture. Juste assez pour y coller un œil et voir ce qui se jouait au fond, derrière la porte du salon qui restait toujours ouverte. Parfois, je ne voyais rien, c'était un décor vide et les personnages étaient hors champ. Et parfois, j'en voyais un des deux. Mon père faisait toujours de grands gestes, il lançait ses mains en l'air, ses grandes mains de pianiste.

– Il était pianiste ?
– Pas du tout.
– Ah…
– Et parfois, je voyais ma mère. Lorsque la colère montait, elle ne tenait plus en place. Elle arpentait la pièce, elle mettait une main sur la tête ou sur la hanche. Elle allait et venait, puis s'ouvrait de tous ses reproches. Elle lui en voulait pour ce qu'elle était devenue.
– Une mère ?
– Pas exactement. Plutôt, une femme qui était obligée de penser à son enfant avant de penser à elle, une femme épuisée, une femme terrifiée à l'idée de mal faire, envahie de sentiments contraires qui se mêlaient comme des touches d'aquarelle lorsque l'on pose trop longtemps le pinceau sur le papier. Une femme qui aurait pu : qui aurait pu être actrice, qui aurait pu être connue, qui aurait pu être ailleurs et qui pourtant était autre chose, parce qu'elle devait penser à mettre un goûter dans mon sac, à changer les draps et à recoudre un bouton.
– Une mère, donc.
François Comino la regarda, éberlué.
– Une mère de l'époque, peut-être, concéda-t-il.
– Parce que tu crois qu'aujourd'hui les mères ne sont plus comme ça ?
– Non.
Elle leva les sourcils, comme ces jurys d'examen devant les candidats qui tentent une réponse sans certitude. Il haussa les épaules et reprit :

– Mon père disait souvent qu'il allait partir. Ma mère, non, ma mère elle ne m'aurait pas laissé, moi. Et chaque matin, il était là, avec son journal à côté de son bol de café au lait. Alors évidemment, nous pensions qu'il n'aurait jamais le cran de le faire, vraiment, le cran de nous laisser.
– Vous pensiez ? Qui, vous ?
– Eh bien ! Ma mère et moi. Qui d'autre ?
– Mais papa, es-tu certain que ta mère, tout autant que toi, était certaine qu'il resterait toujours auprès de vous deux ?
– Elle ne m'en a jamais vraiment parlé. Mais je suis sûr qu'elle pensait la même chose que moi.
– Ça, ça ne m'étonne pas, dit-elle en riant.
– Anne, tu me fatigues.
– Je veux dire que tu ne serais pas le premier fils à être persuadé de penser la même chose que sa mère.
Il ferma un peu plus haut le col de son manteau. Elle s'approcha de lui.
– Tu m'épateras toujours, papa. Tu sais si bien observer, tu sais si bien repérer, les expressions, des travers… Et tu sembles perdu lorsqu'il s'agit de savoir comment les gens vivent vraiment. Comment les mères vivent vraiment.
– Parce qu'il n'y a pas de généralités ! Le monde est plein de mères qui vivent différemment leur maternité, leur place dans le foyer, leur amour maternel… Tu ne peux pas parler des mères en général, de toutes les mères. Et d'abord, de quel droit ? Tu crois vraiment, Anne, que tu pourras m'instruire sur le sujet, de manière fiable ?

– Non. Mais j'ai des mères autour de moi. J'ai eu une mère moi-même. Et surtout, surtout…
– Surtout ?
Elle tirait sur le col de son pull, comme pour mieux respirer.
– Eh bien ! J'ai l'avantage d'être une femme. Et aucune femme n'est neutre en matière de maternité. C'est inévitable. C'est un trousseau de questions que l'on se passe, de mère en fille. Qu'on veuille un enfant ou qu'on n'en veuille pas, qu'on ait avorté ou pas, qu'on ait fait une fausse couche ou non, qu'on soit déjà mère, jamais mère ou mère à venir, on a toujours ce vaste questionnement qui pousse à l'intérieur de nous comme un grand arbre.
Et comme son père ne répondait rien et que la colère la faisait trembler un peu, elle ajouta :
– Arrête de dire que tu savais ce que pensait ta mère, papa. Les mères sont insondables. Les mères sont des mystères, elles sont le lit des océans. Personne ne pourrait retenir son souffle suffisamment longtemps pour les cartographier.
– Peut-être.
– Ce n'est pas *peut-être*. C'est certain.
Le vieil homme sourit.
– Tu verras, dit-il. Quand on vieillit, on a moins de certitudes. Le grand âge est le royaume du scepticisme.
– C'est une certitude ?
Il fit un signe d'impuissance avec les deux mains.
– Dans tous les cas, reprit-elle en regardant le ciel, je veux la voir, ta journaliste. Je veux savoir ce qu'elle te veut.

XIV

Le premier mouvement que fit Rosalie, juste après avoir fermé la portière, fut d'avancer vers la dune pour voir si la mer était haute. Elle enfonça les herbes hautes en quelques foulées et écarta ce qui la gênait avec les mains, sans savoir si elle chassait les graminées persistantes ou le brouillard épais. Derrière elle, une voix la retint. Elle se retourna.

– Constance, toi, tu attends. Tu ne bouges pas. J'arrive.

Rosalie n'écoutait plus le cri de protestation de la petite fille : elle regardait au loin, la main en visière. La mer était basse, encore. Peut-être moins basse que la dernière fois. Il devait y avoir une trentaine de mètres entre les herbes et la ligne de jetée de la dernière vague. Rosalie prit le temps d'attendre la vague suivante, sans se retourner. La plage était vide et il n'y avait aucun bruit. On n'entendait que le va-et-vient de l'eau, le fracas obstiné de chaque vague qui se déroulait sans violence. Rosalie fit demi-tour et descendit la dune pour rejoindre la voiture. Constance était à côté du coffre fermé. Elle croisait les bras.

– Tu m'as dit que tu m'emmenais parce que ça pouvait être intéressant. Alors, concluait-elle avec aplomb, pourquoi tu regardes là-bas, sans moi ?

– J'ai dit… J'ai dit que je t'emmenais surtout parce que tu voulais venir.
– Mmm…
– Tu voulais venir et j'ai pensé qu'après tout, c'était une bonne idée. Tu vas voir, tu vas rencontrer quelqu'un.
– Tu me l'as dit. Un monsieur.
– C'est ça.
– C'est lui, l'ami d'Olivier ?
– Non, ce n'est pas lui. Enfin, Olivier le connaît. Mais ce n'est pas le même.
– Oui, fit Constance d'un air inspiré. C'est normal, Olivier connaît plein de gens.
– Effectivement.
– Il est là ? demanda-t-elle en pointant le doigt vers les herbes hautes.
– Qui ?
– Le monsieur ! Il est derrière la dune ?
– Non. Il est dans sa maison.
Rosalie prit doucement Constance par les épaules. Puis, sans la lâcher, elle s'accroupit derrière elle et elle tendit le bras.
– C'est sa maison, là-bas. Mais avant…
Constance se tourna vers elle en jouant avec la fermeture éclair de son manteau.
– Avant, répéta Rosalie, il faut que je t'explique. J'ai un travail à faire avec lui. Je vais lui poser des questions. C'est normal. Il faudra être sage. Il faudra écouter, sans m'interrompre…
– Je pourrai poser des questions, moi aussi ? J'aime bien.

– On verra. N'oublie pas ce qu'on a dit.
Constance fit une petite moue.
– Oui. Ce qu'on a préparé. Je me souviens.
– Il ne sait pas que tu viens, ajouta Rosalie.
– C'est une surprise, en plus ? Ah, ça, c'est bien !

La petite fille eut un sourire qui signifiait que cette sortie commençait à lui plaire. Rosalie lui prit la main et elle s'adapta au rythme de marche de sa fille tandis qu'elles se dirigeaient toutes les deux vers la maison qui les attendait. Rosalie se sentait fébrile et réjouie. Elle était rassurée que son père lui ait écrit directement, qu'il ait changé la date de l'entretien juste pour qu'il se déroule avec elle. Peut-être avait-il simplement voulu la même journaliste par souci de cohérence ou avait-il été rassuré à l'idée de poursuivre les entretiens avec une personne déjà connue. Ou peut-être préférait-il que ce soit elle, et personne d'autre.
Elle avait le sentiment que cette fois, son plan était plus précis. Elle avait essayé d'envisager chaque détail et établi une liste de possibilités, un arbre des probabilités. Elle se sentait donc pleine d'assurance et se répétait qu'elle faisait les bons choix. Il ne pleuvait pas, la mer était montante, le soleil venait même en tremblotant. Ce n'était pas le soleil d'été, fier et audacieux ; c'était ce soleil presque éteint, celui qui chuchote, celui qui se rappelle doucement comment il fonctionne. Un soleil parfait pour les confidences. Tout était au mieux.

Son pas ralentit pourtant à quelques mètres de la maison. Devant la porte d'entrée, assise sur une marche comme elle-même l'avait été, il y avait une femme.
Celle-ci se leva et regarda Constance et Rosalie avec étonnement.
– Mademoiselle Colette ?
Rosalie pencha la tête sur le côté et murmura une approbation.
– Enchantée. Je suis la fille de monsieur Comino.
Rosalie ne bougea pas.
– Mon père est à l'intérieur. Il vous attend. Il est impatient. Vous avez fait votre petit effet, le mois dernier. J'imagine que vous le savez.
Constance regarda sa mère, qui marmonna un début d'explication puis se tut.
– Nous regarderons votre carte de presse, si vous êtes d'accord, dit Anne très tranquillement.
Rosalie fit « bien sûr » en fermant les yeux. Anne lui décocha un sourire désarmant, un sourire certainement plus convaincant, pensa Rosalie, que n'importe lequel des sourires qu'elle-même avait bien pu avoir jusque-là.
C'est ainsi que Rosalie rencontra Anne.

Elle était surprise de ne pas trouver la ressemblance qu'elle avait imaginée. Anne était plus grande qu'elle, peut-être. Elle semblait, dans ses postures, montrer l'assurance de ces femmes charismatiques qui expriment leurs désirs sans ciller. Mais il y avait quelque chose, dans l'éclat de ses yeux soucieux, dans la chair de sa lèvre inférieure qui venait souvent se laisser envelopper par ses incisives, qui lui donnait une mélancolie attendrissante. Devant cette femme qui la regardait attentivement sous le soleil craintif de février, le manteau pris dans le jeu du vent, Rosalie Sauvage commençait à penser que rien ne tournait en sa faveur. Elle envisagea même l'idée de faire demi-tour sur-le-champ, sans rien dire, et de rentrer sans jamais se manifester de nouveau. Puis elle jeta un œil vers la porte fermée, derrière. Elle imagina l'homme qui l'attendait, et elle pensa subitement qu'elle pouvait encore jouer la montre et sa dernière carte.

Pendant qu'elle réfléchissait, Anne s'était penchée vers la petite fille.

– Et toi ?

– Bonjour. Constance. Enchantée, dit-elle sans ciller. Je suis juste venue parce que j'avais envie. J'écouterai. Si j'ai le droit, je poserai des questions. Maman a dit : « On verra. » En général, lorsqu'elle dit ça, c'est quand elle veut pas dire oui tout de suite. Mais au final, ça devient oui. Alors je poserai des questions, sûrement. Je suis très forte pour ça. Tu seras là, toi aussi ?

– Moi ? demanda Anne.

Cette fille imprévue la déstabilisait.

– Qui d'autre ? Évidemment, toi ! Oh ! Sûrement, tu seras là ! Finalement, tu as fait comme moi. Tu as insisté pour venir, pour voir ce qu'ils fabriquent, nos parents. Et tu as hâte de poser des questions. Tu les as préparées, toi aussi ? Maman les a préparées. Elle a un grand carnet avec plein de points d'interrogation. Elle me fait rire ! Moi j'ai pas

besoin de carnet. Je lui dis souvent. Je lui dis : « Maman, moi, je vois pas pourquoi j'écrirais. J'ai toujours de quoi parler. » Mes questions, je les invente, j'ai pas peur de ne pas en avoir assez. J'en ai toujours trop. Elles débordent. Ça fait comme les coffres à jouets qu'on peut pas fermer. Même quand on s'assoit dessus. On enlève deux ou trois jouets, on les remet, on pousse, on essaie de fermer. Et ça ferme pas. Tu vois ?
Anne ne répondit rien et elle se demandait si elle voyait très bien ou au contraire, si elle n'y voyait plus rien. Elle fit un petit signe à Rosalie et à Constance en ouvrant la porte d'entrée.

François Comino était appuyé contre le mur qui précédait le salon. En voyant la porte s'ouvrir, il sortit les mains de ses poches et fit quelques pas.
– Bonjour, dit Constance. C'est ta maison ? C'est drôle. On dirait une fausse maison. Il y a la mer, là-bas ? Parce que de l'autre côté, là-bas, il y a la mer. Je ne sais pas si elle fait le tour de chez toi. Ça serait possible. Mais je n'ai jamais vu de maison avec la mer vraiment tout autour.
– Il y a… Il y a mon jardin. La mer ne vient pas jusque-là.
Mais Constance n'avait pas attendu la réponse et s'était précipitée vers la fenêtre.
– Ah ! Oui. D'accord. C'est bien aussi. Je préfère la mer. Tu dois te promener à la mer, toi, souvent. Moi aussi, j'habite près de la mer. Je m'y promène. Souvent. C'est un peu toujours pareil. La mer, je veux dire.
Il n'eut pas le temps d'objecter quoi que ce soit.

– Finalement, quand on grandit, on doit trouver que ce n'est déjà pas si mal, reprit la petite fille en collant son nez contre la porte vitrée.
Tout en enlevant son manteau, Anne répondit à la place de son père :
– Je ne sais pas si ceux qui aiment les bords de mer aiment la mer en elle-même ou bien ce qu'elle promet.
– Ah, ça ! soupira Rosalie.
Les deux femmes se regardèrent. Il y avait toujours, dans le ton de Rosalie, quelque inflexion mystérieuse qui alliait la légèreté et le chagrin. Rosalie s'apprêta à dire quelque chose, puis se ravisa ; elle se demanda quelle position adopter et tenta rapidement d'évaluer ce qu'elle pouvait dire et ce qu'elle devait taire. Elle ne parvint pas à établir une évaluation de la situation raisonnable et fiable. Elle regarda par la fenêtre. Il fallait qu'elle parle, elle était bien censée parler, et elle chercha alors comment poursuivre la conversation le mieux possible. Le bord de mer, Anne avait parlé de bord de mer. Elle opta pour l'improvisation.
– Je me demande souvent, dit-elle, pourquoi tout ce foin autour de la mer. Tout le monde en rêve, « On ira voir la mer »... Pourquoi ? Est-ce qu'on veut vraiment voir la mer ou est-ce qu'on veut voir l'ailleurs ? La promesse d'une évasion ? On veut voir... au-delà de l'horizon, les autres continents. Vous pensez à quoi, vous, devant les vagues ? Moi je pense aux marins qui partent. Alors que je pourrais penser à ceux qui reviennent ! Mais je ne sais pas. Je vois d'abord ceux qui partent.

Constance se retourna vivement et compléta :
– Moi, souvent je vois personne qui revient et personne qui part.
Le regard de François allait d'une femme à l'autre et il semblait perdu dans cette scène qui n'était visiblement pas conforme à ses attentes. Anne regarda Constance et trouva qu'il était temps de répondre, pour donner le change à ces femmes qui venaient voir son père sans qu'elle ne comprenne encore bien pourquoi.
– Hum, dit-elle alors, je crois que quand je regarde la mer, moi… je pense surtout aux explorateurs. À ceux qui sont partis un jour pour découvrir quelque chose de nouveau, une terre inconnue, un pays dont tout le monde parle mais que personne ne connaît vraiment. Ceux qui étaient prêts à tout laisser, à tout abandonner, à tout risquer pour fouler le sol d'un pays rêvé.
– Ça c'est drôle, dit Rosalie qui déposait son manteau sur le dossier d'une chaise autour de la grande table.
La réponse d'Anne lui plaisait.
Constance fit tomber bruyamment ses deux bras le long de son corps et ajouta, fataliste :
– Mais on ne trouvera plus rien. Puisque les cartes sont finies.
– On peut toujours explorer, ajouta Rosalie. Même si les cartes sont finies.
François se gratta l'épaule, le sourcil interrogateur. Il ne savait pas qui était cette enfant et la situation lui échappait complètement.
– C'est Constance, dit Anne devant son air perdu.

La petite fille le regarda sans bouger. Rosalie s'avança.
– Monsieur Comino, je suis venue avec ma fille. J'espère que cela ne vous gêne pas.
– Cela ne me gêne pas. D'ailleurs, j'ai aussi amené la mienne.
– Je me suis amenée toute seule, répliqua Anne. J'ai passé l'âge de me faire conduire par mon père.
– On commence ? demanda Constance en levant le bras comme à l'école.
– On a commencé, dit Anne en se tournant vers la petite fille. Et ton papa à toi, il n'est pas là ?
– Mon papa...
Constance eut un long soupir.
– Mon papa, il travaille. Il pense qu'il fait des choses importantes.
– Donc, tu as un papa.
– J'ai un papa, et en même temps, je n'en ai pas.
François Comino se laissa tomber dans un des deux fauteuils, face à elles. Il marmonna :
– Tu ne perds pas grand-chose.
– Ah ? fit Constance, intéressée.
– Je pense au contraire, dit Rosalie, qu'elle y perd.
Il sembla parler malgré lui :
– Je crois... Je crois que les pères n'ont pas un aussi grand rôle que beaucoup l'imaginent. On surestime l'importance du père, non ? On dit qu'il est là pour couper le cordon... séparer l'enfant de sa mère... Vous croyez qu'il en est capable ? J'ai fait de mon mieux. Mais je ne suis que le second. Les pères sont des seconds.

– Et pourtant, dit Anne, les pères occupent parfois beaucoup l'esprit.
– Ce sont les parents en général qui occupent l'esprit, se défendit-il.

Rosalie déposait sur la table son carnet et son dictaphone. Elle vit sa main trembloter et respira profondément pour garder le geste fluide. Elle savait qu'elle jouait avec le feu. Elle avait commencé, il fallait finir.
Elle leva alors la tête et dit très tranquillement :
– C'est vrai qu'il y a toujours un excès quelque part au sujet de nos parents. Quelque chose qui dépasse la ligne de ce que nous aurions voulu. Et quand nous devenons parents à notre tour, nous comprenons à quel point il est impossible d'être... comme il faut. Nous sommes trop là ou nous ne sommes pas assez là. L'excès de présence ou d'absence est un mal que nous nous transmettons de génération en génération, comme un sextant extrêmement complexe que personne n'arrive à régler. Au moment où nous pensons avoir compris comment faire en regardant nos parents, nous voilà avec l'instrument dans les mains, et il est encore plus mystérieux qu'inattendu.
– C'est joli, répondit Anne.
Constance et François échangèrent un coup d'œil.
Rosalie prit le dictaphone, regarda les autres, puis sembla se raviser. Elle le remit dans son sac.
– Peut-être que l'on peut sortir ?
Elle s'adressait à son père. Celui-ci se leva et regarda Anne, puis Constance. Il semblait à la fois et ravi et

désespéré. Son visage changeait et prenait tour à tour des expressions diverses, qui donnaient des nuances éphémères à ses yeux verts. Il mit les deux mains sur sa nuque, pour dissimuler son embarras. Comme subitement inspiré, il demanda :

– Justement. Vous voulez voir la mer, mademoiselle ?

– Rosalie.

– Rosalie, se reprit-il, on va faire l'interview devant la mer ? Ce n'est pas loin.

Anne eut un sursaut. Constance courut vers Rosalie, craignant que sa mère ne parte sans elle, et Rosalie lui murmura quelque chose à l'oreille. François proposa alors qu'Anne reste à l'intérieur avec Constance, pour éviter le froid. Il assura qu'ils n'en auraient pas pour longtemps, ce que Rosalie confirma. Anne résista d'abord, puis elle accepta, à condition que l'échange soit bref.

– Je viens vous retrouver sur la plage dans une demi-heure ? dit-elle en regardant tour à tour son père et Rosalie.

– Faisons comme ça, dit alors Constance.

Tout le monde admit qu'il s'agissait là d'une bonne conclusion.

Anne en savait assez pour se douter que cette Rosalie n'était pas une journaliste. Mais elle se résolut à penser qu'elle n'avait pas grand-chose à craindre d'elle. Qui était cette femme qui s'invitait un jour d'hiver en tenant sa fille par la main ? Elle se mit à imaginer des liens cachés qui pourraient l'unir à son père ou des secrets qu'elle aurait pu détenir, des informations qu'elle aurait voulu vérifier en parlant de vive voix avec lui. Elle s'était figurée, avant de la rencontrer, qu'elle était une comédienne, chargée par quelqu'un d'enquêter sur lui ou d'obtenir un renseignement de carrière. Elle doutait désormais fortement de cette hypothèse. La femme qu'elle venait de voir, la femme timide au grand manteau qui laissait les bourrasques danser dans ses cheveux n'était pas une voleuse. Elle n'avait pas l'air de vouloir faire du mal à son père, ni de chercher la fortune. Que voulait-elle alors ? Il était clair qu'elle tenait à un entretien avec lui. Pour quoi faire ? Anne mit donc les mains sur les deux épaules de Constance pendant que son père fermait la porte derrière Rosalie. Elle allait peut-être pouvoir en savoir plus grâce à la petite fille. Celle-ci la regarda longuement.

Ce fut elle, l'enfant, qui commença.
– Tu as des livres ?
– Tu ne veux pas qu'on discute, plutôt ?
– Non, dit Constance avec indifférence. Je préfère qu'on lise.
– Tu lis, chez toi ? Ta maman aime lire ?
– Ma maman…
La petite fille regarda Anne, puis le reste de la pièce.
– Ma maman aime surtout la musique.
– Elle joue de la musique ?
– Du piano. Quand elle est à l'école. On lit ?
– À l'école ? Quelle école ?
– Eh bien ! Son école.

– Tu peux m'en parler ?
– Je peux. C'est même prévu.
– Prévu par qui ?
– Prévu par qui, quelle question, prévu par qui à ton avis ? Prévu par moi ! Tu me lis une histoire, ici ?
Elle montrait des albums qui traînaient là et qui avaient dû appartenir à François lui-même lorsqu'il était petit.
Anne tenta de négocier.
– On parle maintenant et on lit après ?
– Non, dit tranquillement Constance. On lit d'abord. On parlera quand on aura fini.
Et Anne, pour une fois, décida de ne pas contrôler l'ordre des opérations.

XV

– Vous naviguez beaucoup ?
Rosalie se tourna vers l'homme à côté d'elle, qui enroulait son écharpe pour mieux l'ajuster autour de son cou. Ils s'étaient arrêtés sur le sable, tout en haut de la plage, à un petit kilomètre de la maison.
– Je n'ai jamais couru en IRC*. Mais j'ai un paquet de milles dans les voiles.
– Combien ?
Il prit plaisir à se taire.
– Et votre voilier, demanda-t-elle alors, où est-il ?
– Il est à Carnac. Par là-bas.
Il montrait le plein ouest, comme si elle avait pu distinguer quelque chose derrière la terre.
– Dans la base nautique. Il y a deux cales. La cale est et la cale ouest. La cale est mal orientée et subit les vents dominants. Le mien est dans la cale ouest, depuis quelques années. C'est une bonne mise à l'eau, ils ont tout ce qu'il faut pour rincer le bateau et comme ça je peux partir au portant.

* En voile, la jauge IRC est une jauge de course internationale.

Rosalie n'y connaissait rien et préféra garder le silence quelques secondes avant de demander :
– Vous partez toutes les semaines ?
– Non. Je ne sais pas, je ne compte pas. Tous les mois, peut-être… Peut-être même pas. Depuis quelques années, je m'éloigne de moins en moins. Je longe Légenèse puis Ty Bihan. Je redescends en faisant des empannages. J'affale au niveau de la Grand-plage de Carnac et je recommence.
– Et vous n'avez jamais essayé d'écrire sur ce sujet ?
Il ne lui semblait pas avoir entendu parler de pièce de son père qui aurait évoqué la mer. Dans les émissions dans lesquelles il était invité, il parlait souvent de voile et de navigation. Mais elle avait eu beau faire la liste de ses créations et ses adaptations, elle n'avait jamais rien trouvé qui aborde l'océan.
– J'ai toujours évité. J'aime trop la voile pour essayer de l'unir aux planches. Ce serait mettre aux fers une liberté imprenable.
– Comme une prison ? Les planches sont une prison ?
Il réfléchit quelques secondes, puis répondit :
– Je les ai toujours considérées comme un espace de liberté, mais de liberté contenue et créatrice. La voile, c'est une liberté physique, pleine, entière. Peut-être parce que les planches sont liées à mon métier, à des choix professionnels et financiers, alors que les voiles sont toutes personnelles. Elles sont restées du côté du loisir pur, débarrassé de toute trace d'utilité. Le théâtre, c'est mon établi, c'est mon lieu d'effort. Quand je pense

à mes pièces, je pense à ce qu'elles peuvent apporter aux autres. Je pense à leur réception, voilà. Je crée en pensant à mon spectateur. Je navigue en pensant à moi.
Rosalie acquiesça. Elle leva la tête vers le ciel de plus en plus menaçant, puis elle s'avança vers la mer. Il lui emboîta le pas.
– Et maintenant ? demanda-t-elle.
– Maintenant ?
– Maintenant, dit-elle gravement. Vous n'avez pas envie de faire du théâtre pour… le théâtre en lui-même ? Vous n'avez pas envie, pour une fois, pour la dernière fois, de créer sans penser à la réception de votre création ?
Il fronça les sourcils et répondit, comme frappé de devoir dire l'évidence :
– Ça n'existe pas, ça. On ne crée pas pour soi. L'art pour l'art, ça ne dure pas. C'est une anomalie. C'est une construction bancale que l'on oublie au fond d'un placard et dont on recycle le bois pour se chauffer l'hiver.
– Et pourtant, il doit bien être possible de se libérer du regard des autres, même en tant que dramaturge, non ? demanda-t-elle avec espoir.
– Non, non, Rosalie. Ceux qui assurent qu'ils créent pour eux-mêmes sont des hypocrites. Tous les auteurs, tous les poètes, tous les dramaturges écrivent pour être aimés.
– Et les voyageurs ?
– Eux, ils ne partent pas pour être aimés.
– Ah ! Pourquoi partent-ils, alors ?
Il répondit dans un soupir :

– Ils partent pour être différents, changés. Ils sont poussés par ce fantasme, celui d'être transformés, altérés, sauvés. Je ne sais pas s'ils y parviennent. Peut-être pas. Mais au fond, ce n'est pas très grave. Parce que le simple fait de vouloir cela, le simple fait de chercher à être autrement me suffit et me fascine.
Rosalie fit quelque pas jusqu'au sable mouillé et se dirigea vers la pointe. Il la suivit.
– Et si vous continuez à créer, alors, quel en serait le but ? demanda-t-elle, comme préoccupée.
– Précisément. Je ne sais pas. Je crois que l'art ne doit pas être une sorte de « vie en mieux ». Je ne veux pas qu'on vienne au théâtre pour fuir le réel et qu'on revienne à sa propre vie à contrecœur. Moi-même, j'ai parfois quitté un livre, une pièce, un film, avec douleur. Je me retrouvais dans le métro, amer, défait, presque en larmes de constater la terrible différence qui se tenait entre ce que je venais de voir et ma vraie vie. Je traversais les jours qui suivaient avec un goût désagréable dans la bouche. La conviction de n'être pas comme il fallait, comme j'aurais voulu… Je refuse de faire ça aux autres. Je refuse de laisser mes pièces leur rappeler toute la médiocrité de leurs existences.
Il s'arrêta brusquement et lui fit face.
– Je veux que ma pièce serve de révélateur. Je veux que le spectateur qui sort se rappelle à quel point ce qu'il traverse est parfait pour lui. Je veux qu'il ressente un amour de la vie encore plus farouche et féroce. S'il pleure dans le métro, c'est que j'ai tout loupé.
– On dirait presque que vous pensez d'abord aux autres.

Alors que vous disiez que vous travaillez pour être aimé. Finalement, pour qui avez-vous fait carrière, alors ? Pour le monde ou pour vous ?
L'auteur regarda les vagues. Le silence autour d'eux laissait résonner ces questions, face à l'inflexible respiration de l'eau. Il se tourna vers elle et chercha dans ses yeux quelque chose, de la sincérité probablement, de la compréhension peut-être.
– Je ne sais pas, finit-il par murmurer. Mais je suis fatigué.
– Fatigué ? De ne pas savoir ?
– Non. De créer. J'ai donné ma vie à la création. Et aujourd'hui, je ne sais plus ce que je dois me dire. Je pourrais créer encore, créer toujours : qu'y a-t-il de plus beau, de plus sacré ? À quel moment puis-je oser dire que j'arrête de créer ?
Elle se taisait et le regardait, impénétrable, en penchant la tête singulièrement vers la droite.
– Vous me trouvez prétentieux ? demanda-t-il. Je vous assure, je ne le suis pas. Enfin, je ne crois pas. Ce n'est pas la vanité qui me pousse à monter des pièces, à recruter, à donner des conseils, à serrer des mains. Non, c'est plutôt une forme de… de lucidité. On n'a jamais cessé de me dire qu'un théâtre avait besoin de moi, qu'une pièce, des personnages m'attendaient. Qu'ils me voulaient. Mais maintenant, je ne suis plus si sûr d'être indispensable. Un jour, je trouverai que le moment sera venu pour tout refuser.
– Et vous ferez quoi, à ce moment-là ?
– Je ne sais pas. Je déménagerai, peut-être. J'irai m'installer…
– Où ? demanda-t-elle en le voyant hésiter.

– Mon rêve serait de ne m'installer nulle part, dit-il en souriant. De vivre dans mon bateau. Je serai ainsi un migrant perpétuel. Je serai coupé du monde, des attaches, des ancres. Je serai léger, comme suspendu. Entre le terrestre et l'au-delà. Ce serait un parfait statut avant le statut de mort. Je serai l'homme mobile, à jamais dirigé vers quelque chose, à jamais marin.
Elle baissa la tête gravement, comme pour mieux le comprendre. Puis elle brisa timidement le silence :
– Vous partiriez seul ?
– D'abord à deux. Je trouverais un skippeur n'importe où, quelqu'un que je connais le moins possible. Seul, ensuite.
– Cela vous obligerait à vous absenter combien de temps ?
Il eut l'air de la découvrir.
– Ah, mais ! dit-il, vous n'avez pas compris. Si je pars, je ne pars pas à moitié. Je reste pour toujours dans l'ailleurs, à jamais un autre. Si je pars, Rosalie… je ne reviens pas.
Il se frotta la joue et ajouta, amusé :
– C'est peut-être une mauvaise idée. Il m'est souvent arrivé d'avoir des idées que je croyais intéressantes et qui, une fois essayées sur le plateau, s'avéraient exécrables !

Il reprit sa marche tranquille, puis, sans se tourner vers elle, il demanda brusquement :
– Vous enregistrez toujours ?
– Non.
Il parut soulagé.

– Je me dis souvent que la vie me mène toujours vers la mer, dit-elle en regardant le large.
– J'ignore si la vie nous mène vraiment quelque part. Faisons demi-tour. Il est sûrement l'heure.
Il joignit le geste à la parole et sembla presser le pas. Rosalie fit quelques foulées pour revenir à côté de lui.
– Vous disiez que la vie ne nous mène nulle part, insista-t-elle. Nulle part ! Vous êtes sûr ?
– Je crois, répondit-il, que la vraie vie est imprévisible. Il n'y a que les personnages de fiction qui agissent de manière attendue. La vraie vie est bien plus rocambolesque que n'importe quelle pièce de théâtre. Et surtout… si les personnes ne sont pas des personnages, c'est parce qu'elles n'avancent pas en ligne droite. Elles ne sont pas sans arrêt poussées par les mêmes aspirations, il n'y a pas chez elles ce liant qui lisse les créatures de fiction, qui les rend homogènes. C'est ce qui est mieux avec la vraie vie. Les gens peuvent agir de manière inattendue, de manière absurde. Personne n'est obligé d'être une bonne version de soi-même.
– Je pense que vous êtes une version pas mauvaise de vous-même, marmonna-t-elle du bout des lèvres.

Il entreprit de remonter tranquillement vers la dune. Comme elle ne le suivait pas, il s'arrêta, à quelques mètres d'elle. Elle le regarda et prit son inspiration pour parler plus fort. C'était le moment, elle savait que c'était le moment.
– Il faut que je vous dise quelque chose…

– C'est elle qui ne voulait pas, la coupa-t-il brusquement.
– Elle ? demanda Rosalie sans comprendre.
– Michèle. Ma femme. Elle m'entendait sans cesse dire que je voulais partir.
Il passa les deux mains sur sa tête, comme pour se coiffer, il regarda successivement la mer, puis le sol, puis Rosalie, qui ne disait plus rien. Il continua alors.
– Moi… Moi, je rêvais d'un départ à la voile avec elle. Puis, comme elle n'aimait résolument pas la vie en mer et comme ses réticences à naviguer allaient croissantes au fur et à mesure des années, j'en ai peu à peu fait une passion solitaire. Anne non plus ne voulait pas venir avec moi, elle préférait les sorties dans la capitale, et je crois que sa mère lui avait refilé sa crainte de la mer comme on transmet un groupe sanguin. Quand Anne avait une dizaine d'années, j'ai fait un stage intensif, une formation de chef de bord, sur cinq semaines. Nous étions partis de Brest et nous avions rejoint le Portugal et les Açores. J'avais repris les bases et j'avais tout consolidé, l'art des manœuvres, les réglages, la mécanique.
Rosalie le fixait. Elle n'avait jamais trouvé de trace de cela dans ses recherches.
– Cette expérience m'a transformé, continua-t-il. Elle a planté en moi une graine. Le démon du voyage. Du vrai grand voyage. Pendant ce stage, un skippeur m'a dit qu'au milieu de l'Atlantique, les hommes les plus proches de nous étaient les astronautes de l'ISS, en orbite à quatre cent huit kilomètres au-dessus de la Terre.

Il souriait doucement, comme s'il s'attendrissait lui-même.
– Cette idée incroyable m'a ôté le sommeil. Elle s'est mise à m'habiter, à me hanter, elle a installé en moi un terrible mélange d'espoir et d'ambition qui me dévorait autant qu'il m'électrisait.
Il la fixa avec des yeux brillants.
– Je savais que je partirais, je voulais ma transatlantique. Je voulais atteindre ce point, plus près des astronautes que des côtes. Je voulais que mon seul trait d'union avec le reste du monde soit céleste. Je voulais être suffisamment loin des terres pour me sentir comme décroché de la fourmilière. J'avais mon propre voilier à convoyer, il aurait été facile de trouver un équipier. Je rêvais d'avoir le temps de m'immerger dans la solitude en mer, de pouvoir oublier le vacarme, m'en désaccoutumer tout à fait. Mais d'année en année, Michèle refusait. Je crois même que plus le temps passait, plus elle s'y opposait, comme si les ans supplémentaires lui donnaient d'autres raisons de craindre pour moi. Elle pensait aux risques, à la fatigue, aux quarts à alterner la nuit, au roulis permanent, à l'absence de secours en pleine mer. Et puis, il y eut un automne qui servit de déclic. Je fêtais mes soixante ans, en octobre, je quittais mon poste à Strasbourg. Je voulais traverser l'Atlantique avant le printemps.
– Vous l'avez fait ? demanda Rosalie.
Elle fit deux pas pour voir son visage de plus près, comme pour y distinguer les petits deuils des plus grands. Il détourna les yeux et reprit :

– Je voulais partir en co-navigation. J'avais un ami qui cherchait quelqu'un, tout s'alignait. On voulait partir en janvier de La Rochelle.

Un sourire traversa le visage de Rosalie puis le quitta, comme une vague.

– Nous ne parlions plus que de cela, la transat aller, de La Rochelle jusqu'au Marin, en Martinique. C'était une traversée qui me prendrait trente jours, peut-être un peu plus. La semaine, j'étais devant les planches, j'intervenais pour l'école de Colette, Colette comme vous mais Colette Louvois, à Châtelet. Et de samedi en samedi, je perfectionnais mon équipement. J'avais acheté un nouveau couteau démanilleur, des harnais, des gants neufs, une lampe frontale. J'avais glané des explications auprès de mes contacts de voile, qui m'avaient montré comment trouver pendant la traversée les prévisions météorologiques et comment faire fonctionner les applications qui fournissent notre position ou qui tracent des itinéraires n'importe où en mer. J'étais conscient de braver quelque chose, d'oser l'inavouable, et cette certitude courait dans mon dos comme un frisson délicieux. Mes sacs étaient prêts, dans l'entrée de l'appartement parisien. À l'époque, les disputes avec ma femme se sont multipliées : je ne comprenais plus son refus, ce qui le rendait encore plus catégorique. Elle avait peur pour moi, elle répétait qu'elle craignait qu'il m'arrive quelque chose, elle voulait que je retarde le projet, que je ne parte pas avec un inconnu, que je parte moins longtemps, moins loin.

Il ouvrit grand les yeux devant la mer, comme perdu un instant dans les méandres des souvenirs.
– Vous pensez, demanda-t-elle, qu'il ne faut pas empêcher les gens que l'on aime de prendre des risques ?
Il haussa les épaules comme si elle lui avait demandé s'il fallait manger les spaghetti à la cuillère et il reprit :
– Je savais que si je changeais les données de mon voyage, tout lui déplairait encore. Parce qu'au fond, elle ne voulait pas que je parte, simplement. Le problème n'était pas dans les circonstances du voyage ou dans ses modalités, mais bien dans le voyage lui-même. La date du départ fut arrêtée au douze janvier. Pour une transat aller, de l'Europe jusqu'aux Antilles, il faut partir entre octobre et février. Les semaines qui ont précédé cette date n'étaient faites que de colères. Un soir, dans un mouvement d'humeur, j'ai même menacé de partir sans téléphone et de ne revenir que quelques mois plus tard. Elle était hors d'elle. Elle me retenait par le bras et me chassait juste après, ne sachant plus si elle devait m'aimer ou me haïr. Elle répétait qu'elle ne voulait pas vivre pour m'attendre, qu'elle ne voulait pas porter le deuil d'un auteur capricieux, d'un vieux riche qui se serait pris pour un aventurier. Elle avait peut-être raison.

Il regarda Rosalie, désarmé, avec au bout des yeux tout le poids de l'ironie tragique qu'il aurait voulu nier, gommer, oublier.

– C'est le lendemain de cette dispute que nous avons appris qu'elle était malade, comme on découvre un trou sur un pull ou une bestiole dans un paquet de farine au fond du placard. Le diagnostic plus précis est tombé après trois examens. Quand le médecin nous l'a annoncé, nous étions côte à côte, à nous tenir la main. Le soir, elle a fait une croix sur le calendrier, pour signaler que c'était un commencement et un compte à rebours. C'était sur ce même calendrier que j'avais dessiné les hachures bleues de mon projet de voyage.
Rosalie ne répondait pas. Il reprit alors :
– Elle qui avait toujours refusé de tenir la barre avec moi… Nous l'avions, notre odyssée. Il a fallu entreprendre un autre voyage, un voyage odieux et terrifiant. Celui qui ne mène nulle part. Il a fallu se préparer autrement, remplir d'autres sacs, consulter d'autres cartes, d'autres prévisions de temps, d'autres témoignages. Elle… Elle ne m'a jamais plus parlé de voiliers, jamais, jusqu'au bout. J'aurais aimé vous raconter qu'elle m'aurait, juste avant son départ à elle, invité à partir. Elle ne l'a pas fait. Elle voulait que je me répare de sa mort sans m'expliquer comment le faire. Elle n'a jamais, jamais plus parlé de la mer. C'est bien elle, ça. Elle voulait me laisser tout assumer. Alors, je n'ai précisément rien assumé du tout. J'ai vendu mon vieux voilier. J'en ai racheté un autre il y a quatre ans, un petit six mètres. Je ne pars pas plus de quelques heures. M'embarquer pour plus longtemps, ce serait… m'éloigner d'elle.
– Et votre fille ? demanda Rosalie.

– Je crois qu'Anne s'habituerait vite à la vie sans moi !
– Vous lui en avez parlé ?
– Non. Mais je lui laisserais… Je lui laisserais suffisamment.
– Parce que vous pensez qu'il est possible de laisser suffisamment ?
Il n'osa pas étudier la question. Au loin, derrière lui, Anne et Constance arrivaient en bravant le vent. Elles étaient toutes petites, en haut de la dune. François jeta un œil derrière lui, fit un signe et se tourna à nouveau vers Rosalie.
– Quand je la vois, dit-il, ma fille… Je me demande si toute ma vie, je n'ai pas cherché à être père de plein de manières.
– De plein de manières ?
– Je ne sais pas. J'ai peut-être voulu créer pour pouvoir dire : « C'est de moi. »
– C'est drôle, dit-elle en souriant. Vous avez remarqué ? On dit souvent d'un auteur qu'il est le papa de son œuvre. Mais rarement d'une femme qu'elle en est la maman.
– Peut-être parce que… Parce que la paternité artistique est finalement assez proche de la paternité réelle ?
Elle le regarda avec une tristesse insondable.
– Je crois surtout, dit-elle pour finir, qu'une mère, c'est un corps. La paternité peut être quelque chose de si sentimental… Elle peut sembler coupée de toute réalité physique. Alors que la maternité, ça reste à jamais de la peau. La profondeur de la chair.
Anne, le souffle court, arrivait en tenant Constance par le bras.

François aurait aimé que la conversation à quatre dure encore. Mais tout alla très vite. Anne parla très peu, enfermée dans un mutisme rêveur. Rosalie montra, comme la première fois, un empressement surprenant à partir. Il eut l'impression que leur conversation face à la mer l'avait dérangée ou qu'elle avait dépassé quelque chose, une limite infranchissable sur laquelle elle n'avait jamais posé de mots. Ce n'était pas de la séduction qu'exerçait cette fille, il la trouvait lunaire, et pourtant, elle l'interpellait. Cette fois encore, elle partait en laissant traîner derrière elle des montagnes de questions. Il pensait à ces gens qui quittent un endroit et qui y oublient sans le vouloir un peu de leur parfum. Cette Rosalie était une énigme qu'il ne voulait surtout pas résoudre, parce que connaître une énigme irrésolue était une idée qui lui plaisait bien. En pensant à elle, il avait l'esprit plein de mots, de remises en question et de rêves. Il se demanda s'il avait lui-même un jour produit cet effet sur quiconque. Dans un élan de modestie, il supposa que non.

En quelques phrases, ils étaient à la maison et arrêtaient une date pour l'entretien du mois de mars. On se salua brièvement, Anne fit un signe de la main vers la voiture qui démarrait au loin et se tourna lentement vers son père. Elle rentra dans la maison en frôlant son épaule. Leurs deux silences servirent de berceaux à tous les secrets qui leur faisaient tourner la tête, et ils allèrent chacun dans leur chambre, stupéfaits d'en savoir trop, chacun dans leur couloir.

⁂

Dans la voiture, Rosalie semblait imperturbable devant la route. Les essuie-glaces dessinaient de grandes traces sur le verre qui lui servait de rempart face au monde, de sorte qu'elle n'y voyait clair que par intermittence. De chaque côté, les gouttes exilées et inatteignables tremblotaient avant de se réunir.
Elle savait qu'elle ne reverrait jamais François Comino. Il allait partir. Elle en était certaine. Elle avait vu son regard lorsqu'il avait parlé de l'ailleurs, de la voile, du reste du monde. Elle reconnaissait le regard de ceux qui partent. Il ressemblait à celui de ses élèves lorsqu'ils lui disaient en juin qu'ils reviendraient en septembre et qu'ils ne passaient jamais plus la porte de sa salle. Il ressemblait aussi au regard qu'avait eu son père adoptif, avant son départ outre-Manche, et à celui de son ex-mari, juste avant qu'il ne décide de déménager à Paris. Elle avait passé sa vie à voir des hommes qui partent. Elle connaissait ces yeux pleins de contradictions, éblouis d'un désir de fuite, voilés d'espoir. Des yeux d'absents déjà, colorés du bonheur que procurent ces décisions qui sont déjà prises alors qu'eux-mêmes ne le savent pas encore.
Il l'énervait un peu. Elle l'enviait pourtant. Elle aurait presque voulu partir avec lui. Elle pensa que peut-être, il accepterait. Elle se disait qu'elle pourrait revenir, quelques jours plus tard, avec un grand sac de toile

contenant trois pulls et deux paires de bottes Aigle jaunes. Elle sonnerait à sa porte, il ouvrirait, elle parlerait de sa mère, de La Rochelle, du piano, des pages à tourner. Il lui ouvrirait les bras. Il sentirait bon. Puis il l'aiderait à monter sur un bateau et le monde n'entendrait plus parler d'eux.

Lorsqu'elle regardait dans le rétroviseur, elle voyait le haut de la frange de sa fille et un peu de son épaule. Elle pourrait l'emmener, avec eux. François Comino lui dirait : « Ce n'est pas raisonnable, elle est si petite ! » Et elle répondrait : « Elle est courageuse, elle s'adapte à tout. Elle fait partie de moi, elle vient. » Il prendrait donc Constance à côté de lui pour tenir la barre. Il lui expliquerait tout, il lui montrerait le point mobile sur l'écran, il lui apprendrait le nom des voiles. Ils seraient heureux, tous les trois. Ils seraient invincibles.

Elle se ravisa alors, dans un imperceptible haussement d'épaules. Évidemment qu'elle ne pouvait pas. Décidément, elle imaginait n'importe quoi. On ne quitte pas sa vie en claquant des doigts. Elle s'était juré qu'elle ne bouleverserait pas sa vie pour un homme. Celui-ci était particulier, mais tout de même. Elle ne pouvait s'empêcher de penser qu'il ne valait peut-être pas le coup.

Et d'ailleurs, il était probable qu'il n'accepte ni sa présence, ni celle d'une enfant de six ans. On ne partait pas à trois équipiers de manière improvisée pour une traversée de l'Atlantique.

D'ailleurs, comment réagirait-il si elle lui avouait tout ? Il lui en voudrait, peut-être, de ne pas s'être ouverte de son identité plus tôt. Eh, quoi !, pensa-t-elle alors. C'était à elle de lui en vouloir. C'était lui, l'homme qui était parti sans savoir, l'homme de l'aventure sans lendemain, le vagabond, le fugueur. C'était lui le responsable, le coupable, celui qui avait fait basculer l'existence de sa mère et qui n'avait peut-être jamais pensé à elle ensuite. Oui, elle en était convaincue, il avait enterré cet amour de jeunesse parmi les souvenirs anodins d'autres aventures et d'autres femmes. L'idée qu'il pourrait concevoir de la rancune envers elle lui paraissait ridicule et absurde. Au contraire, si elle lui disait tout, il serait peut-être confus, embarrassé, il voudrait tout faire pour réparer quelque chose, se faire pardonner de sa conduite passée. Il renoncerait alors à ses fantasmes de départ en mer. Et que lui promettrait-il ? De l'argent ? Des vacances ensemble ? Une suite de moments menteurs qui s'enchaîneraient comme les pépins de melons dont on fait des colliers et qu'il vivrait avec elle en faisant semblant d'oublier qu'il n'était pas là où il voulait être ?

Et Anne ? La maternité transforme et la paternité déracine, mais la sororité bouleverse. Anne avait grandi comme une fille unique. Comment pouvait-on lui imposer de changer d'identité si tard, si adulte, si habituée à une réalité qui la définissait ? Rosalie le savait : si elle décidait désormais de tout avouer, elle ferait tomber toutes les pièces du jeu. Elle ne laisserait personne indemne.

Cependant, si elle attendait, si elle se taisait encore, si elle laissait son plan se dérouler sans renverser la pyramide d'allumettes qu'elle avait construite, elle allait devoir continuer en faisant semblant de ne pas savoir. En imitant, tant bien que mal, la Rosalie Sauvage qu'elle était avant.

C'est à ce moment-là qu'elle entendit une autre voix, la voix légère de Constance qui la ramena au réel. Elle se tourna brièvement et la petite fille répéta :
– J'ai dit tout ce qu'il fallait.
– Comme on avait préparé ?
– Oui. C'est juste que je l'ai dit à Anne, et ça, ce n'était pas prévu. Mais quand même, j'ai tout raconté comme tu voulais.
– C'est bien, répondit Rosalie en souriant.
Et Constance, satisfaite de cette mission qu'elle jugeait accomplie, retrouva le fil de sa rêverie. Elle regardait les bandes de campagne qui se déroulaient derrière la vitre comme les tissus que sa mère achetait au mètre et que la vendeuse étalait par-dessus tous les autres rouleaux avant de les mesurer à l'aide d'une règle en bois.

XVI

Le lendemain, Anne partit bien avant l'aube. Elle voulait arriver à huit heures au laboratoire de la place de Clichy, pour la prise de sang. Elle fit route avec le soleil levant à l'horizon, devant elle. Les boulevards parisiens étaient encore comme engourdis de nuit, noyés dans une lumière bleue, timide et frémissante.

Elle laissa sa voiture près du laboratoire et décida de passer sa matinée d'attente à marcher. Elle descendit vers les Tuileries, passa la place du Carrousel, puis longea les quais jusqu'à l'île de la Cité. Elle avait sa méthode pour se forcer à ne pas penser : elle comptait. Elle comptait dans le vide, sans rien compter vraiment, ni les respirations ni les pas, elle comptait le rien. À mille, elle reprenait à un, en mettant le premier millier de côté pour tout ajouter à la fin. Elle jugeait particulièrement efficace cette technique qui faisait des miracles. Les nombres s'enchaînaient comme des données implacables, d'infimes paysages concis et inflexibles, qui se succédaient sans ralentir. Cette opération demandait de la précision, de la concentration ; elle avait le sentiment de s'accrocher aux branches de

son fonctionnement à elle, de se rappeler ce qui s'écoulait, ce qui était du côté de la raison.
Elle alla jusqu'au pont de Bercy, le traversa pour se retrouver sur la rive gauche et fit demi-tour pour remonter. À Saint-Michel, elle s'arrêta, s'engagea presque sur le pont puis se tourna vers l'est, vers les deux tours de Notre-Dame. Elle reposa son dos contre la rambarde ouest du pont Saint-Michel pour voir la cathédrale s'élancer sous le ciel bleu et froid. Le Petit-Pont, avant elle, était sans cesse voilé puis dévoilé par les voitures et les bus qui s'engageaient devant elle. Elle toucha son ventre. Elle se demanda si elle pouvait considérer qu'elle était au centre, vraiment au centre, au point zéro de la ville. Sur le parvis de Notre-Dame, à une cinquantaine de mètres de la Cathédrale, on trouve une rose des vents gravée dans une pièce de bronze et entourée d'une dalle de pierre, qui sert de point de départ des routes de France. Il paraît qu'historiquement, le croisement entre les deux axes de la ville antique se trouve un peu plus bas, rue Saint-Jacques, entre le Panthéon et le Luxembourg. Elle eut envie d'y aller. Elle hésita quelques minutes, comme portée par le mouvement de la Seine, au-dessous d'elle, et des voitures qui défilaient sous ses yeux.

« Si mon père était là, se dit-elle en souriant, il râlerait. Il profite de n'importe quelle occasion pour regarder l'ailleurs. Et moi, je regarde le milieu. » Il avait toujours voulu descendre les fleuves jusqu'à la mer, s'éloigner du noyau, se détacher du cœur. Elle, elle voulait s'en rapprocher. Elle

s'apaisait en s'étourdissant de monde. Elle avait besoin du flot des gens plus que du flot marin, elle avait besoin de savoir que le centre de l'univers était accessible. Elle se soulageait en s'immergeant au cœur des rues, au plus près des pas des autres. La tête collée à l'enceinte.
Elle avait juré mille fois à Axel qu'elle voulait partir, quitter Paris, s'installer ailleurs, et elle s'était ravisée toujours, quelques heures après. Elle se doutait bien qu'il y avait une forme de fierté dans tout cela, elle ne s'imaginait pas vivre ailleurs, loin de cette mélodie de capitale qui la détruisait autant qu'elle la nourrissait.

Il était midi, elle était toujours devant les quais. Elle sortit son téléphone et appela le laboratoire, presque sans trembler. « Je voudrais savoir combien », dit-elle dans le téléphone. Elle faisait comme si elle exigeait un nombre, et en vérité, elle voulait un rêve. Elle ne demandait pas un résultat, elle demandait quelqu'un, quelqu'un dont elle ne connaissait même pas encore le prénom.
L'homme au téléphone ne prit même pas la peine d'adopter un ton contrit.
Elle n'attendait personne.
L'espace d'une seconde, elle pensa jeter le téléphone dans la Seine. Elle se ravisa en le mettant dans sa poche. Elle ne pleura même pas. Comme c'est étrange, pensa-t-elle, d'être vide de tout jusqu'à être vide de larmes.

Elle reprit la route de l'appartement. Elle ne savait plus où elle en était dans ses comptes. Elle aurait pu recommencer

depuis le début, mais elle était fatiguée de toutes ces fois où elle s'était imposé de tout redémarrer, de tout reprendre, dans un terrible retour à l'unité.
Elle fit les derniers mètres en courant, sans trop savoir pourquoi. Pour s'isoler peut-être, pour trouver quelque chose de réconfortant chez elle, quelque chose de rond et d'éternel, quelque chose de l'avant et du toujours.
L'appartement lui sembla immense, tout plein de place. Comme son futur. Que met-on dans le vide, comment comble-t-on le blanc ?

Elle posa son sac sur le canapé, sortit son téléphone et composa un numéro. Puisqu'il fallait se changer les idées, elle allait le faire. La petite Constance lui avait tout raconté. Anne n'aimait pas vraiment ce prénom, « Constance ». Elle ne savait pas si un enfant pouvait servir d'ancre immuable dans le grand chaos de l'existence. Il paraît qu'il faut l'être pour nos enfants. Nos fils et nos filles peuvent-ils être nos repères ? Sont-ils nos échappées ou nos phares ? Nos chemins d'errance ou nos points zéro ?

Constance avait tout expliqué. Rosalie Colette s'appelait en réalité Rosalie Sauvage et elle enseignait le piano au conservatoire de La Rochelle. Une pianiste. Il ne manquait plus que ça. Elle habitait dans un petit appartement et elle entretenait des liens un peu obscurs avec un voisin : Anne n'avait pas totalement compris. Il était question d'un Olivier, mais elle n'était pas certaine qu'il s'agisse de cet Olivier Maglione, Constance était restée évasive. C'était bien probable, puisqu'elle avait trouvé qu'il était correspondant à La Rochelle. Mais Anne avait surtout la clé de tout : Rosalie avait œuvré pour une certaine Nora Amar, qui était à l'origine du stratagème. Constance avait même donné son numéro de téléphone, qui était dans la poche de son manteau. Anne avait cherché le nom et le visage de cette Nora, qui travaillait dans un théâtre rochelais. Elle avait même trouvé une petite vidéo où celle-ci expliquait comment elle intervenait auprès des scolaires.

Une fois le numéro composé, Anne attendit quelques secondes avant d'appuyer sur le petit bouton vert, et elle posa la tranche du téléphone sur son menton.

Elle était debout, face à la fenêtre. Elle savait que son mari rentrerait tard. Il l'avait prévenue. Elle lui avait dit que sa date de test n'était que le lendemain. Elle mentait souvent sur cette date, pour qu'il ne demande rien, et surtout pour pouvoir lui faire la surprise de l'annonce si tout tournait bien, mais elle ne s'avouait cela qu'après le négatif, à chaque fois. Elle écouta un peu le brouhaha de la rue que l'on percevait depuis son salon. Elle se demanda ce qui la poussait vraiment à appeler cette fille. Elle s'était répété qu'elle avait peur pour son père, qu'elle voulait élucider le mystère Rosalie Colette pour lui, pour le protéger de quelque chose. Mais elle se rendait compte, les deux pieds nus sur son parquet parisien, qu'autre chose l'avait guidée. Elle avait été poussée par une forme de curiosité peut-être, cette force sans âge qui fait prendre des trains et courir derrière des voitures. Il y avait une autre motivation encore, enfouie sous le papier de soie de la curiosité. Une certaine jalousie qu'elle ne s'expliquait pas, la peur d'une rivale peut-être, même s'il s'en défendait. Elle craignait surtout que cette femme ne veuille dérober quelque chose, même si elle n'était pas encore certaine de savoir quoi. Elle n'avait pas réellement peur pour l'argent de son père, qui n'était pas caché dans sa maison de Carnac mais dispersé dans de nombreuses actions dont elle se chargeait. Ce n'était pas l'argent qui l'inquiétait. Ainsi, que pouvait-elle voler, cette Rosalie ?

Elle pensa à sa mère. Comme son mari, celle-ci avait toujours des idées de bohème. François s'enthousiasmait pour tout, mais il n'aimait qu'elle. Elle, elle tombait amoureuse comme on éternue aux premiers pollens. Il quittait parfois la maison pendant quelques mois, pour une tournée ou pour un projet de voile, et il revenait jaloux, inquiet, rêveur et triste. Il demandait à Anne si tout s'était bien passé. Elle n'osait rien répondre. Alors, il comprenait. Il plongeait dans un état de chagrin qui durait quelques semaines. Puis il allait mieux. Ils semblaient se satisfaire de cette vie en arabesques, qui suivait les capricieux virages de son cœur à elle. Tout lui semblait irrésistible.

Pris par ses soirées de travail, son père revenait parfois au milieu de la nuit. Elle s'en souvenait parce que son retour la réveillait. Elle avait le sommeil solide, et pourtant, le bruit de la clé de son père qui se déposait dans le petit vide-poche en forme de tortue retournée l'avait toujours réveillée. Elle ne sortait pas de sa chambre, elle se levait simplement et poussait sa porte du bout du doigt, juste pour voir sa silhouette. Elle voulait vérifier s'il était entier, s'il avait l'air normal. Il déposait ses sacs près de la porte, il enlevait son écharpe, sa veste, qui répandaient dans l'appartement un parfum de tabac et de laine humide. Parfois, en voyant sa porte trembler, il venait vers elle, il s'agenouillait, et sans rien dire, il la serrait contre lui. Elle n'osait rien demander. Elle se doutait des aventures que vivait sa mère. Elle ne savait pas trop ce qu'il en savait, lui.

Voilà, se dit-elle alors en prenant son téléphone avec les deux mains, voilà ce qui la poussait vraiment à savoir qui était cette fille.

Elle avait l'impression de percer un des mystères qu'elle n'avait jamais pu éclaircir avant, à la grande époque, lorsqu'elle était petite, lorsque sa mère était là, lorsque tout aurait pu être parfait, ou peut-être, lorsque tout était parfait. Pas parfait comme dans les livres. Mais parfait quand même. Elle n'avait jamais su qui était ceux qui obtenaient l'attention de sa mère, elle avait vu un visage une fois, c'était tout. Tout était resté dans la pénombre. La mort de sa mère n'avait fait que sceller ce coffre de silences.

Depuis quelques années, elle s'inquiétait pour lui. Il ne parlait plus de voyages en mer, il ne voulait plus accepter de grands projets de mise en scène, ou pas plus d'un par an. Elle ne savait plus ce qu'il voulait, vraiment, et elle se sentait maladroite et bien incapable de le conseiller. Elle se disait simplement que le fait de reprendre le théâtre de manière plus soutenue l'éclairerait peut-être. Il disait souvent qu'il avait peur de ne pas avoir le temps de créer assez. Elle appuya sur « appeler » et porta le téléphone à son oreille. Il y eut une voix avant la deuxième sonnerie.

Quelques minutes plus tard, elle savait tout.

Nora Amar avait tout raconté dans l'ordre.
Elle intervenait aux côtés de Jean-Claude Gréau, au théâtre de l'Alchimiste, et ils étaient tous deux de grands admirateurs de son père. Jean-Claude était de la génération de François Comino, il lui avait servi de modèle, et il n'avait jamais eu la chance de le rencontrer. C'était pour cela qu'ils avaient pour ambition de monter une création très particulière, une pièce qui serait une suite de rencontres entre un personnage qui l'incarnerait et des personnes qui l'interrogeraient, sur sa vie, son parcours, ses démarches artistiques. Ils étaient très fiers de leur idée, très enthousiastes, et ils voulaient absolument que François Comino lui-même n'en sache rien avant la rédaction du texte. Ils lui demanderaient à la dernière minute s'il était prêt à leur faire l'honneur de relire le texte et de venir assister à la première. Ils avaient eu l'idée en fin d'année et se donnaient un an pour la création. Pour cela, ils avaient demandé l'aide de Rosalie

Sauvage, l'ancienne professeure de piano de Nora, qui était visiblement restée très proche de la jeune femme et qui serait parfaite pour recueillir le plus d'informations inédites possible. En effet, elle avait participé à des stages de journalisme, plus jeune, et Nora louait son aptitude au dialogue. Ainsi, son expérience et sa maturité permettraient d'avoir un florilège d'idées qui serviraient de point de départ à leur texte. Nora était tombée sur un article par hasard, l'histoire d'un homme qui s'était fait inviter à des dizaines de festivals et concerts en se faisant passer pour un journaliste de France Culture. Ils tenaient leur stratagème, qui, selon eux, serait vite pardonné par l'auteur lorsqu'il verrait leur pièce achevée. C'était tout.

Ce qu'Anne avait tour à tour pris pour une arnaque, un cambriolage prémédité ou une tentative de séduction n'était que cela. Un tour de magie d'artistes amateurs. Une blague.

Mais Nora évoqua le fait que le spectacle n'était pas certain, parce que Rosalie ne voulait pas faire la visite du mois de mars, la troisième. Nora ne savait pas pourquoi et elle en était d'ailleurs frustrée et désolée. Elle ignorait s'ils avaient assez de matière pour la pièce, ils allaient peut-être essayer… Elle la tiendrait au courant. Et, dans tous les cas, elle lui présentait ses excuses, réalisant un peu tard combien leur project pouvait sembler intrusif, dangereux ou maladroit.

Anne lui assura qu'il n'y avait rien de grave avant de raccrocher.

Elle lança le téléphone sur le canapé et se passa la main dans les cheveux. « Je ne suis même pas rassurée », pensa-t-elle en haussant les épaules. Elle ne remettait pas en doute l'explication assurée de cette jeune femme, au téléphone. Elle était totalement convaincue qu'elle ne reverrait jamais Rosalie Sauvage. Ce n'était pas le problème. Elle aurait aimé… Elle aurait aimé découvrir quelque chose.

Ce n'était pas Nora Amar qu'elle voulait joindre, c'était sa mère. Elle aurait voulu savoir exactement comment tenait leur couple. Comment était son amour à lui, comment était son amour à elle.

Même si elle avait pu parler à sa mère, celle-ci n'aurait sans doute pas trouvé de réponse. L'amour se raconte si mal.

Elle se passa la main sur le ventre.

Elle pensa à tout ce que l'on ne dit pas aux enfants.

Elle se demanda où était sa constance.

Axel ouvrit la porte deux heures plus tard : elle était assise sur le canapé, toujours une main sur le ventre, le téléphone dans l'autre. Il n'eut pas besoin de parler. Elle ne pleura pas, elle ne cria rien, elle se contenta de lever les yeux vers lui. Il avait compris. Il vint vers elle et lui tendit la main pour l'aider à se relever.

Elle attrapa sa main et tira suffisamment fort pour que ce soit lui qui vienne à côté d'elle. Il approcha son visage tout près du sien.

Quand elle le voyait si proche d'elle, elle avait l'impression qu'il avait vingt ans encore, que son visage était le

même, exactement, que celui qui s'approchait du sien quand ils échangeaient autour d'un verre dans les soirées étudiantes, quand ils ne se doutaient de rien encore, quand ils n'étaient ni adultes, ni responsables, quand la désillusion n'avait encore rien cassé chez eux.
Elle n'était pas dupe, elle savait bien qu'elle idéalisait un peu tout cela, le passé, la jeunesse, et que dans le fond, elle ne voulait pas revivre ce vacarme indécis. Elle savait bien qu'elle était à sa place, qu'elle avait fait les bons choix, ou en tout cas, les meilleurs possibles, ceux qui lui paraissaient sages, parce que personne n'est jamais sûr.
Axel non plus n'en voulait plus, de cette jeunesse perdue. Il lui rappelait souvent combien ces années-là étaient pleines de doutes, de peurs, d'angoisses devant cet inconnu qui s'étendait devant eux, plus vaste qu'une mer, et qu'il faudrait bien traverser, sur une barque ou une autre.
Elle se disait qu'elle avait sans doute choisi la bonne barque. Celle qui tangue mais qui avance tout de même. Son père lui disait souvent qu'elle avait de la chance, ce qui l'énervait, parce qu'elle savait bien que le fait de choisir la bonne barque n'avait pas grand-chose à voir avec la chance.
Axel la regardait toujours, il ne bougeait plus, parce qu'il préférait attendre qu'elle parle en premier, et elle aimait cela chez lui, le fait qu'il sache, la plupart du temps, s'il fallait attendre ou non. Elle aimait qu'il revienne à n'importe quelle heure si elle lui disait de le faire, elle aimait qu'il l'emmène encore par surprise voir arriver la nuit,

elle aimait qu'il parvienne à plaisanter n'importe quand, même dans un hôpital. Elle aimait qu'il l'ait choisie, elle, et elle aimait l'avoir choisi, lui ; elle aimait qu'il fasse attention à ce qu'elle n'ait pas froid et elle aimait son air inquiet, là, face à elle, parce qu'elle savait que ce qui l'inquiétait vraiment, ce n'était pas l'enfant, c'était elle. Au fond, se disait-elle, il ne sera jamais inquiet que pour moi, et cette idée la faisait sourire. Axel était le spécialiste de l'attente, du toujours et du jamais, il était le spécialiste du temps long, de l'illimité, et il la regardait encore, elle qui n'en pouvait plus du temps court et de compter les jours.

– Tu veux partir ? demanda-t-elle.
– Non.
Il la regardait, triste, catégorique, amoureux. Elle reprit :
– Tu veux voir d'autres visages ? Tu veux t'échapper, d'ici, de moi, de notre vie à deux qui reste une vie à deux ? Tu veux l'ailleurs ?
– Non, répéta-t-il.
Et les moteurs qui grondent furent couverts une seconde par le chant d'un merle noir, posé sur une branche de tilleul.

XVII

La nuit était tombée depuis longtemps quand François Comino arriva devant la porte. Il n'eut pas besoin de sonner : un homme sortit. Petit, au corps maigre et avec des yeux clairs et une barbe de quelques jours, il devait avoir une soixantaine d'années. Il sortit une cigarette, qu'il alluma sans parler. Il fit simplement un signe de tête à celui qui venait là, chez lui. Ainsi, dans l'obscurité, alors que la fumée du tabac se dissipait dans le brouillard de l'hiver autour des deux hommes, on aurait pu les prendre pour deux malfrats. Ils n'étaient pas malfrats, ils étaient simplement marins.

– Alors ?

François Comino ne tenait plus. L'homme était un ami de longue date, un de ceux qui avaient voyagé avec lui. Il ne l'avait pas vu depuis dix ans, quinze ans peut-être, il ne savait plus. Il avait envoyé des messages à tant d'amis marins, en une semaine.

– C'est ce que je te disais au téléphone, dit l'homme. C'est Serge.

– Serge.

– Oui. Serge. Tu ne le connais pas. Moi je le connais.

Il secoua la tête gravement pour acquiescer en tirant sur sa cigarette, comme s'il venait de donner la meilleure des garanties.
– Il part quand ?
– Dans deux jours. Il avait un équipier, qui l'a lâché hier. Un truc de santé, un problème de foie ou quelque chose qui ressemble. Dans tous les cas, il a appelé Serge aussitôt. Il ne part plus, quoi. Alors Serge, il cherche.
– C'est pour un pro ?
– Non. Un particulier.
– Tant mieux. C'est moins cher.
François avait apporté avec lui ce qu'il avait considéré comme le minimum, en billets. Il avait laissé tout le reste, tous ses papiers, sur la grande table du salon. Et une lettre, sur le dessus. Il fallait une lettre, se disait-il, pas pour expliquer, parce qu'on n'explique jamais tout à fait les départs. Et Anne comprendrait sans lettre. Il fallait tout de même lui laisser la lettre, surtout pour qu'elle ait un objet qui lui dise au revoir. Quelque chose à toucher.
L'homme lui tendit une feuille de papier pliée en quatre.
– J'ai tout écrit, le nom du gars et son numéro. Tu as un billet d'avion ? Pour le retour ?
– Quel retour ?
L'homme rit un peu, ce qui le fit tousser. François reprit :
– Je ne sais pas si je fais le retour. Peut-être encore en voile. Peut-être dans un an, peut-être jamais. Je verrai. Je me débrouillerai.
L'homme haussa les épaules et regarda au sol, quelque part devant lui.

– Tu te débrouilleras, répéta-t-il.
Puis il ajouta, presque rêveur, en désignant le papier du menton :
– Il part de Rochefort.
– C'est bien. Je peux partir maintenant. J'en ai pour, quoi, une heure de route, peut-être un peu plus.
– Et tu vas dormir où ?
François se contenta de le regarder et il mit une main dans sa poche. Il ne savait pas ce qu'il ferait de sa nuit. Il verrait bien.
– Et ta voiture ?
– Je la laisserai. Je trouverai quelqu'un à qui donner les clés, avant le départ. C'est une vieille voiture, mais il y aura bien un intéressé. Je la refile pour rien.
– Tu es sûr ? demanda l'homme, après un silence.
– Sûr de quoi ? De refiler pour rien ?
– De tout. De ce que tu fais.
– Regarde-moi, dit brusquement François. Regarde bien. Je suis tellement sûr, je n'ai jamais été aussi sûr. C'est le moment. C'est un départ avant le dernier. C'est ma seule façon de rester au monde.
L'homme le regardait sans répondre. François continua :
– Parfois, le dimanche soir, ma mère m'emmenait manger un pique-nique, tout près d'un bois. Nous apportions des morceaux de pain et de charcuterie dans du papier aluminium et nous regardions le soleil se coucher. C'était comme si elle m'offrait une rallonge de week-end, un reliquat de dimanche. Et peu importe ce que nous avions fait avant, peu importe ce que nous faisions

le lendemain : j'en venais toujours à adorer cet instant-là. Parce qu'il était imprévu, décidé sur un coup de tête. Il avait le goût de ce que l'on fait lorsque l'on ne veut pas finir quelque chose. C'était comme un supplément. C'est ça, tu entends, c'est ça que je veux. Le supplément.
– Dans dix jours, tu seras aux Canaries, dit l'homme. C'est la première partie. Mon homme veut faire une escale là-bas, d'une ou deux semaines. Et après, il y a la deuxième partie de la transat. Là, tu en as pour une quinzaine de jours. Si tu te blesses, si tu as besoin d'un secours d'urgence, c'est assez facile de faire escale pendant la première partie, en Espagne ou au Portugal. Après…
Il se tut, remit sa cigarette à ses lèvres, et François continua.
– Je sais. Après, quand je serai au milieu de l'océan, entre les Canaries et les Caraïbes, s'il faut une intervention d'urgence, ce sera impossible.
– Voilà.
Les deux hommes se tournèrent vers un chat qui s'approchait des poubelles et qui disparut dans la nuit. L'homme regarda François à nouveau. Il parla d'une voix râpeuse comme un tricot d'hiver :
– Si tu sais tout ça et que tu veux quand même, alors c'est que tu es sûr.
François fut ému de cette phrase. Il avait l'impression d'avoir une autorisation de sortie ou de fuite, il était touché d'avoir enfin un ami qui le comprenait puisqu'il ne le retenait pas.

– Tu veux entrer ? proposa l'homme. On peut boire quelque chose. Trinquer à ton surplus de vie.
– Non, murmura François avec douceur. C'est maintenant que je pars.
Son ami sourit. Au fond, cela lui ressemblait. Pourquoi reporter ? Il n'y avait rien à dire de plus. François était connu pour être un bavard. S'il décidait d'être soudainement taciturne, il n'y avait rien d'autre à faire que se taire aussi. Il ne lui assura même pas qu'il pourrait toujours le joindre. Il était clair qu'il n'en avait pas besoin. Cet homme n'aurait plus besoin de lui, ni de personne ici. Il le recommanda à la Sainte Vierge, parce que c'est ce que font les marins, et le regarda partir, en pensant au bleu de l'Atlantique. Ce bleu qui n'est jamais aussi foncé que lorsqu'il entoure et encercle, lorsqu'il semble infini, entier, immortel.

⁂

Anne Comino n'était jamais retournée rue des Rosiers. Elle se disait qu'elle voulait tourner une page, elle ne savait pas bien pourquoi, elle ne voyait pas vraiment en quoi le fait de déserter un petit jardin pouvait l'aider, mais c'était ainsi. Elle entretenait la certitude confuse d'avoir besoin de nouveaux lieux d'exploration. Souvent, elle arpentait Montmartre, elle allait jusqu'à Saint-Jean puis elle revenait, comme si elle voulait aller faire une prière alors qu'elle n'entrait jamais dans l'église. Elle se disait qu'il fallait bien un endroit où faire demi-tour.

Et ce matin-là, alors qu'elle y arrivait, il y avait ces deux-là, ce couple, ces mariés à venir. C'était avant, tout le monde avait cet air très propre, effervescent, déjà cérémonieux. On se souriait, on se saluait, et Anne pensa qu'il valait le coup d'attendre une petite heure pour voir l'après. Les confettis, c'était ce qu'elle préférait. Il y avait des couples avec des enfants, parfois tout petits, et Anne cherchait des yeux les poussettes. Elle excellait dans ce domaine. Elle ne savait pas jusqu'à quand, enfin, elle chercherait des yeux les poussettes des autres. Les mariés arrivèrent, et alors, tout le monde applaudit, même s'ils n'étaient pas encore mariés, tout le monde les fêtait par anticipation. Anne se demanda si ces invités agissaient par convention ou parce qu'ils étaient contents d'être là, ou peut-être, simplement parce que tout le monde les trouvait beaux, ou parce qu'ils s'aimaient. Après tout, pensa-t-elle, l'amour pourrait toujours être une raison d'applaudir. C'est à ce moment-là qu'ils sont arrivés.

C'était un groupe de touristes dont elle ne savait pas bien la nationalité. Assez clairement, ils ne parlaient pas un mot de français. Leur guide avait un grand drapeau coloré. Ils s'arrêtaient tous devant l'église, un peu loin des familles, mais assez près pour tout voir. Ils se mirent à applaudir aussi, d'abord timidement, puis avec beaucoup d'énergie.

Anne se demanda si tout était prévu, s'ils faisaient partie de la fête, mais il lui semblait que ce n'était pas le cas. Alors, elle se mit à applaudir aussi, et la place entière fut gagnée par les applaudissements, qui n'ont pas besoin de

mots. Il semblait que tous les présents, ce jour-là, à cette minute-là, toute cette improbable réunion d'inconnus des quatre coins du monde, tout ce désordre humain n'avaient plus pour unique but que celui d'applaudir en direction du couple.
Que voulaient-ils dire, ces hommes et ces femmes de tous les âges, de toutes les origines, que voulaient-ils faire ? Voulaient-ils avoir l'impression de vivre un moment partagé, même bref, voulaient-ils être unis dans un apparat social qui a ses quartiers dans l'universel ?
Que voulaient-ils fêter ? L'amour fou, celui qu'ils avaient ou celui qu'ils n'avaient pas, la jeunesse, l'insouciance, le vertige qui précède n'importe quelle signature, n'importe quel engagement ? Combien, parmi ces spectateurs, avaient pleuré, pleuré vraiment, pleuré d'amour ? Tous, évidemment, parce que quand on pleure, on pleure toujours d'amour.
L'amour que l'on attend ou l'amour que l'on voudrait, l'amour qui manque ou l'amour qui étouffe, l'amour qui écrase ou l'amour qui apaise, l'amour qui bouscule tout ou l'amour qui ne comble rien.

En applaudissant, Anne se demandait si on pouvait aimer assez, si on souffrait toujours à force d'aimer trop et si on souffrait moins en aimant trop peu.

Elle pensait à ce qu'elle avait et à ce qu'elle n'avait pas, et à tous ces projets que l'on fait qui ne voient jamais le jour. Elle pensait à ce dont on rêve et qui ne prend jamais corps dans le réel. Elle pensait aux enfants dans ces poussettes, aux mères qui les avaient habillés ce matin-là, à son cœur à elle qui ressemblait parfois à une poussette vide, et elle se demanda quel désir elle pourrait cultiver désormais pour trouver de nouveaux jours à fêter.

Elle voulait faire le tri dans ses projets, réfléchir à ce qu'elle pouvait faire avec ses mains dès qu'elle aurait fini d'applaudir, à ce qu'elle pourrait dessiner, à ce qu'elle pourrait construire, à ce qu'elle pouvait apprendre. Elle avait envie d'aller à Rome, encore, ou dans une cabane, une minuscule cabane sur la côte sicilienne, avec une cuisine dehors, et la chambre aurait une vieille fenêtre qui donnerait sur la mer. Elle vivrait de rien, elle donnerait des cours de voile, à l'homme qu'elle aimait, et à d'autres, pourquoi pas, elle avait toujours rêvé de donner des cours de voile, et elle jouerait aux échecs, aussi, elle ne savait pas pourquoi, mais c'est aux échecs qu'elle voulait jouer.
Elle pensait aussi aux plages sauvages, aux falaises de Plouha, au bruit blanc du *vaporetto* et son amarrage à la grosse corde qu'elle voulait maîtriser, elle voulait savoir, elle voulait qu'on lui explique comment on pêche à la mouche et comment on chante juste, elle voulait revoir des films de manière méthodique, par date, par réalisateur, et elle voulait aussi apprendre à fabriquer une table de nuit, une petite table de nuit avec une porte et des charnières, des charnières dorées, et aussi une poignée ronde à visser dans le bois.

Elle voulait aligner tous ses projets devant elle, comme les cartes d'un jeu complet, sans joker, et elle voulait les trier avec lenteur et méthode, afin de ne garder que ceux qui la rendaient heureuse.
Voilà ce qu'il me reste à faire, se dit-elle, précisément au moment où les mariés entraient dans l'église.
Chercher les bons rêves.

⁂

– J'ai besoin de toi.
Rosalie était à la porte d'Olivier.
– À cette heure-ci ?
Elle regarda sa montre d'un geste vif. Puis elle baissa le bras et leva la tête vers lui, avec dans le regard toute la détermination du monde.
– Oui.
Olivier soupira. Il faillit s'exclamer qu'il était content qu'elle ait besoin de lui, mais il eut un peu peur. Il s'effaça pour la laisser entrer.
– Je le sais, que tu es un couche-tard, dit-elle en entrant et en tirant Constance par la main.
– Tu veux que je garde Constance ?
Elle haussa les épaules. La petite fille se frotta les yeux et se dirigea vers le canapé. Rosalie alla l'allonger sur le lit, dans la chambre d'Olivier. Constance protesta et sa mère l'autorisa à lire un des livres qu'elle avait apportés, dans la pénombre. Lorsqu'elle sortit de la chambre, il n'y avait plus que le bruit des pages.

– Il faut que je parte, dit Rosalie.
Olivier acquiesça en silence. Il se demanda ce qu'il pouvait demander en premier, ce qu'il devait savoir. Il espéra qu'il s'agissait d'un « Il faut que je parte » que l'on prononce pour aller faire une course.
– Il faut que tu partes, sans Constance ?
– Elle ne peut pas venir, pas ce soir.
– Ah…
La pluie tambourinait au-dehors et faisait trembler les volets. Il s'assit sur une des deux chaises, autour de la table de sa cuisine. Elle resta debout. Olivier demanda, sans la regarder :
– Tu l'as rencontré, n'est-ce pas ?
Il y eut un silence, pendant lequel Olivier avala ses questions. Il essaya d'imaginer la scène entre Rosalie et son père, il le vit la saluer, il le vit la reconnaître.
– C'est bien, dit-il simplement. Et là… Tu vas le voir ? Il t'attend ?
– Absolument pas.
Rosalie le regardait très tranquillement. Olivier ne savait pas si elle voulait dire qu'il ne l'attendait pas, mais qu'elle y allait quand même, ou bien qu'elle allait ailleurs.
– Bon, dit-il en baissant la tête et en se pinçant le nez, bon. Il va falloir me raconter. Tu l'as vu, donc. C'était comment ?
– Ce n'est pas le problème, Olivier.
Elle avait l'air désolée, elle souriait doucement, presque amusée de ce vide entre eux, de tout ce vrac, cette distance qui ne se comble pas. Cet océan de différences,

qu'elle voyait toujours entre elle-même et les autres, probablement universel, probablement inévitable, mais qui lui semblait toujours infranchissable. Elle restait toujours au ras des océans.
– Ce n'est pas le problème, parce que je doute qu'il soit encore chez lui.
– Ah…
– Et puis je me rends compte que je ne veux pas vraiment le suivre.
– Oui.
– Comment ça, oui ?
– Je veux dire que j'imagine, dit Olivier en haussant les épaules.
– Tu imagines mal.
– Décidément.
Il croisa les bras.
– C'est quelqu'un de bien ? Il est comme tu l'imaginais ?
– Je ne sais pas. Avant, je croyais que c'était le principal, ça, que ce soit quelqu'un de bien. Quand on apprend le nom de son père, on espère qu'il sera attachant. Gentil. Fascinant, même.
Olivier ne répondit rien. Il essaya d'imaginer ce qu'il aurait attendu d'un père inconnu et il pensa surtout qu'il aurait voulu que cet homme l'aime. Il était surpris du peu de cas qu'en faisait Rosalie. Elle n'avait jamais dit qu'elle avait peur qu'il ne l'aime pas. Cette femme n'accordait décidément aucune importance à l'affection qu'elle faisait naître chez les autres.
– Et alors ? demanda-t-il enfin.

– Et alors, quand on le rencontre, Olivier, quand on le rencontre vraiment…
Elle attendit un peu avant de poursuivre :
– Je ne veux pas dire que je me fichais de ses qualités. Mais lorsque je me suis retrouvée dans la même pièce que lui, chez lui, plongée dans sa réalité, dans la vaste matière de son être, puissant et follement concret, il devenait nécessairement le meilleur et le pire père du monde. Le meilleur, parce que c'était lui. Parce que je l'avais tant imaginé et c'était lui, il était là, il était encore mieux que l'idée que j'en avais parce qu'il était réel. Le pire, parce qu'il était coupable de tout l'abandon qu'il ignore peut-être. Il était merveilleux. Il était énervant. Les deux à la fois.
– Tu sais s'il savait, quand il est parti ? Il a confirmé, tout ça, l'histoire de ta mère ?
Rosalie eut un sourire très lent, très triste, et elle plongea son regard dans le sien.
– Je ne sais pas. Je n'ai rien dit.
Il la regardait, interloqué, hésitant, et presque amusé.
– Comment ça ? Tu n'as rien dit du tout ?
– Oui enfin, si, j'ai parlé, Olivier. Je veux dire qu'on a discuté. Mais je n'ai pas dit qui j'étais.
Elle regarda son air ahuri, ses yeux qui cherchaient quelque chose dans l'espace de l'irréel, son presque sourire, et pour la première fois, elle trouva qu'il était beau, enfin, pas vraiment beau, mais juste bien. Et peu d'hommes lui semblaient juste bien.
Elle prit une inspiration et se mit à raconter. Les recherches, la route, la maison blanche, la mer, les deux

rencontres, l'autre fille, les vagues et le vent qui toujours décoiffe sur la plage. Elle prit soin de taire l'épisode du mail usurpé, qui ne lui semblait pas indispensable à la compréhension de l'histoire. Elle avouerait peut-être un jour. Il fallait échelonner les vérités.
– J'ai besoin d'un verre, dit-il.
Il se leva sans la regarder et partit mettre un fond de cognac dans un verre à eau. Il fit un geste pour lui en proposer un. Elle refusa.
– Et pourquoi ne pas lui écrire ? demanda-t-il, brusquement inspiré. Une lettre, c'est parfait, une lettre. Une belle lettre, écrite à la main. Un truc à l'ancienne.
Il prit le temps d'imaginer l'objet que pourrait être cette lettre, son contenu, il voyait les mains de cet homme ouvrir l'enveloppe, lire, se prendre la tête entre les mains. Que ferait-il, alors ? Il sortirait son téléphone de sa poche, peut-être. Ou alors, il viendrait directement, il prendrait sa voiture, il roulerait dans la nuit, il sonnerait à l'interphone et elle descendrait pour être face à lui, sous la pluie.
– Tu lui écris, dit-il encore en acquiesçant. Là, maintenant. Maintenant que ton stratagème a raté.
– Il n'a pas raté. Il a fonctionné.
– Mais tu as un rendez-vous manqué, encore. Tu ne l'as vu que deux fois sur trois.
– C'est vrai. Mais il n'est manqué que parce que je ne veux pas l'honorer. D'abord, parce que je ne suis pas sûre qu'il soit encore trouvable.
– Que ton père soit encore trouvable ?

– Voilà.
Cette idée plut à Olivier. Même s'il ne comprenait pas tout, il aurait adoré ne plus être trouvable.
– En plus, dit-elle encore, si j'y retourne et que je le trouve, ce sera la fois de trop. Ce sera la révélation inévitable. Je ne veux pas.
– Mais puisque…
– J'ai dit que je ne veux pas, parce que c'est comme ça, je ne pouvais pas savoir avant. Je ne veux pas faire partie de ce qu'il reste de vie de François Comino.
– Et donc, tu ne veux pas non plus qu'il fasse partie de ta vie à toi.
Elle le regarda sans répondre.
– Ta vie à toi, reprit-il. Qui s'en occupe ?
– Moi, dit-elle comme une évidence.
Il la regarda sans trop savoir s'il avait le droit de sourire.
Elle le dévisagea en penchant la tête.
– On se suffit, pour s'occuper de sa vie à soi, non ?
Elle regarda sa montre et s'apprêta à faire un mouvement pour partir, puis se ravisa.
– J'ai vu mon élève, tout à l'heure.
– Ton élève ?
– La petite Nora. Celle qui n'est plus petite. Celle qui était enceinte. Je te l'avais dit.
Olivier préféra prendre un air entendu pour faire comme s'il s'en souvenait.
– Il fallait que je la voie, au sujet de mon père, justement. Pour la remercier d'avoir participé à une… histoire. C'est compliqué. Et alors, elle est venue. Avec son

bébé. Il prenait tellement de place ! Elle était… évidemment, elle était épuisée, elle avait les yeux à la fois enrichis d'amour et noircis d'insomnie. Et à un moment… À un moment, elle s'est levée, pour bercer l'enfant qui pleurait, elle s'est mise à faire quelques pas. Et elle me l'a mis dans les bras. C'était un petit garçon. Je l'ai bercé à mon tour. Lorsque je l'avais vu dans les bras de sa mère, il me semblait si petit, si hurlant et primitif, comme un prototype d'être humain. En le portant, je le trouvais immense. Il faisait ces mouvements anarchiques que font tous les nouveau-nés. Il était à la fois si fragile et si redoutable. Et c'est là, Olivier, c'est là que j'ai compris.

Elle s'arrêta, comme pour attendre une réponse qui ne venait pas. Olivier fronçait un peu les sourcils, la tête penchée, et il écoutait.

– C'est là que j'ai compris combien mon père… avait le choix. Alors que ma mère ne l'avait pas.

– Mais puisqu'il ne savait pas…

– Même ! Il avait le choix, parce qu'il était l'homme de l'histoire. Il avait le privilège de la vie inchangée. Alors que ma mère ne l'avait pas. Mais parce qu'aucune mère ne l'a.

Il eut une légère moue d'incrédulité qu'il tenta d'effacer. Elle se leva alors brusquement et s'approcha de lui. Elle se mit debout, face à lui, et soutint son regard. Il y avait dans son discours un tel emportement qu'elle semblait inaccessible. Elle était sans le savoir habillée de cette beauté qu'ont les gens qui veulent viscéralement quelque chose. Olivier eut le temps de penser qu'il aurait bien aimé, lui aussi, vouloir quelque chose aussi fort que cela.

– Je vais te dire, Olivier. Dès qu'une femme est enceinte, sa vie est bouleversée. Voilà. Quoi qu'elle fasse.
Elle répéta « Quoi qu'elle fasse », du bout des lèvres, puis eut un silence et reprit, en s'emportant :
– Si elle avorte, si elle n'avorte pas… Dans tous les cas : rien ne sera plus pareil. Le monde sera nouveau. Quoi qu'elle décide, quoi qu'elle entreprenne, quelle que soit sa décision, tout est bouleversé. Toute sa vie est à cicatriser.
Olivier ne savait pas quoi répondre.
– Et alors, voilà. Voilà où je vais. Je vais la voir, conclut-elle. C'est elle qu'il faut que j'aille voir. Depuis le début.
– Elle ?
– Ma mère.
Elle inspira, jeta un œil vers la fenêtre et revint vers lui :
– Il faut que je la voie ce soir. Parce qu'il est là, le vrai lien. C'est à elle que je dois écrire des lettres. C'est avec elle que je dois discuter devant la mer.
Olivier acquiesça. Elle le regarda en se mordant la lèvre. Elle se demanda ce qu'il comprenait. Elle lui était reconnaissante de ne rien dire.

Elle savait enfin. Elle savait que tout ce qui l'entravait, toute cette impression de déracinement ne venait pas de cette histoire de père inconnu, mais surtout de la distance qu'elle avait prise avec sa mère. Elle était là, la pièce manquante, la corde mal nouée, dans cette folie de femme à femme, ce bouquet sauvage de non-dits, de délicatesses et de cris.

Jamais elle n'avait tant aimé sa mère, jamais elle n'avait eu ce besoin-là, implacable et irrésistible, d'aller la voir elle, de la toucher encore, de lui parler, avant de ne plus pouvoir le faire.
Olivier fit un geste vers la porte, comme pour lui montrer la direction. Elle eut un sourire léger, presque imperceptible, un sourire chargé de pluie, et elle le regarda une dernière fois avant de quitter l'appartement.

⁂

À vive allure, la voiture contournait La Rochelle et s'apprêtait à emprunter la départementale qui mène à Rochefort en passant par Fouras. Faute de lumière, François Comino ne savait pas si la mer était haute ou basse, à sa droite. Il ne savait pas non plus que pour une fois, pour la dernière fois, il était dans la même direction, à quelques mètres, à quelques battements d'essuie-glaces du visage de sa fille.

⁂

Colette ne dormait pas. Elle cria à sa fille d'avancer, depuis la chambre. Rosalie eut même l'impression qu'elle l'attendait. Elle fit quelques pas dans la pièce plongée dans la nuit, et sa mère, sans bouger, dit simplement :
– C'est toi ?
Rosalie s'approcha.

– Qu'est-ce que tu fabriques, maman ? Tu ne veux pas t'allonger ?
Colette tourna doucement la tête. Tout habillée, elle était assise dans son lit. Son dos reposait contre le mur, et elle tirait la couverture au plus près de son ventre.
– Non, dit doucement Colette.
Rosalie s'assit près d'elle.
– J'ai vu François Comino, dit-elle comme si elle avait parlé de leur buraliste habituel.
– Ah…
– Tu ne voulais pas ?
Colette ferma les yeux un instant et un sourire très timide se dessina sur ses lèvres. Rosalie n'osait plus bouger, de peur de faire tomber ce sourire quelque part sur les draps, et de ne plus le retrouver, après.
– Il est vivant, alors, murmura Colette.
Rosalie se demanda où pouvait bien être cet homme, à l'heure qu'il était. Elle l'imaginait à bord d'un voilier déjà, ailleurs, loin, lui qui fuyait toujours. Elle se souvenait de ce qu'elle avait lu dans ses yeux, ce désir de n'être plus au monde ou d'y entrer vraiment, cette force qui pousse à fermer les valises et à s'évanouir avant le soleil.
– Il est vivant. Presque.
– Comment ça, presque ?
Colette la regarda pour mieux relever l'aberration de sa réponse, puis elle se dressa d'un seul coup, elle se tint quelques secondes toute droite, leva les yeux vers le plafond, rit un peu et sembla se raviser en abaissant les épaules.

– C'est bien, s'il est presque vivant.
Elle répéta « C'est bien » en acquiesçant, donnant ainsi à François Comino une sorte de permission dont il ne savait rien.
– Tu veux qu'on parle de lui ?
Rosalie ne savait pas s'il était souhaitable que sa mère sache tout, ce qui ferait rentrer une seconde fois cet homme dans sa vie. Pourtant, elle la vit sourire encore et lever vers elle des yeux brillants, vifs, des yeux surpris d'avoir encore envie de quelque chose.
Elle imagina les discussions qu'elles pourraient tenir à son sujet, les comparaisons qu'elles pourraient faire, entre ce qu'il avait pu être, jeune homme dans un petit théâtre, et ce qu'il était devenu, quarante ans plus tard. À elles deux, elles avaient le début et la fin de François Comino. Elles pouvaient le faire renaître, le prolonger, le reconstruire par la pensée, là, toute la nuit, ou d'autres nuits à venir, pendant qu'il serait perdu quelque part à des centaines de kilomètres de toute terre habitée, pendant qu'il affronterait orages et tempêtes, ou pendant qu'il basculerait peut-être par-dessus bord, dans une définitive lutte, sans aucun témoin. Si vraiment, il était parti, il s'agissait sûrement de cela : un rendez-vous avec la mort. Au fond, il aurait probablement aimé mourir ainsi, en plein Atlantique, porté par le silence des profondeurs, sentant la torpeur immobiliser ses bras écartés, tandis qu'un amour d'un autre temps et sa propre fille discutaient de lui. C'était son style. Ou en tout cas, l'idée lui aurait plu.

– On pourra parler d'autre chose ? demanda Colette comme une petite fille qui espère une histoire.
Rosalie approcha sa main de sa joue et la caressa, sans rien dire. Elle se sentait maladroite. Elle se sentait imparfaite. Elle aurait voulu lui assurer qu'elle viendrait plus, qu'elle viendrait mieux, elle voulait lui dire qu'elle avait compris, qu'elle avait besoin d'elle encore, de sa voix et de la petite ride sur son front qui n'était pas symétrique et qui était plus prononcée d'un côté que de l'autre. Elle voulait lui promettre qu'elle lui ferait écouter ses morceaux de piano préférés et qu'elles en parleraient ensemble, elle voulait la remercier de tout et lui dire qu'elle garderait d'elle cette pagaille de paix et d'amertume, ce regard volontaire et cette fierté qui pousse à choisir sans cesse face à l'autre ce que l'on dit et ce que l'on tait.

– On peut sortir ? demanda soudain Colette.
– Sortir où ?
– Je ne sais pas. N'importe où. Marcher. J'aime bien marcher.
– Là ? Dans la nuit ? Mais il pleut.
– C'est encore mieux. Parce que comme ça, on ne verra personne. Tu comprends, pour se promener les nuits de pluie, il faut vraiment beaucoup aimer la nuit.
Rosalie prit un air entendu.
Elle voulait bien se mettre à beaucoup aimer la nuit, et elle voulait bien commencer tout de suite.

– Bon. On a jusqu'à quelle heure ? demanda Colette en se levant.
– Quelle drôle de question ! On a déjà jusqu'à ce que le jour se lève…
– Ah ? Ça, je n'ai jamais fait, encore.

Elle enfila son manteau d'un geste assuré, poussa sa fille vers le couloir, et en fronçant les sourcils, elle lui fit signe de prendre les escaliers. Rosalie ne savait plus qui dirigeait les événements. Sa mère avait encore sa clé en main lorsqu'elle descendit en courant, et elle regardait sans cesse autour d'elle pour s'assurer qu'il n'y avait personne. Interdite, Rosalie se laissa tirer par la manche pour passer plus vite au-delà du portail. Lorsqu'elles arrivèrent sur le trottoir, le visage de Colette Sauvage s'illumina dans le noir.
Autour d'elles, le vent se calma pour mieux les écouter.

⁂

François Comino coupa le moteur et il posa la tête contre l'habitacle. Il ne dormirait pas. Il voulait fermer les yeux quelques minutes, peut-être quelques heures. Il se demanda s'il allait changer de nom. L'idée lui déplut. Il resterait un peu lui-même. Il verrait bien. Il regarda sa montre et caressa le cadran. Il attendrait l'aube. Il savait qu'il y avait toujours une aube. Il guetterait ici la lumière, la lumière encore, les premiers rayons après l'orage, l'instant où l'horizon se teinte de jaune et de rose, la ribambelle de secondes où tout frémit, où tout est immense et où l'on est si petit, où tout est insaisissable, désespérément éphémère. Il savait qu'il ne manquerait pas cet instant-là. Il y a des aubes que l'on a l'impression d'attendre depuis des années, depuis des siècles, depuis toujours. Il y a des aubes qui nous donnent l'impression d'être nés juste pour elles. Elles sont encore plus fragiles que les autres, encore plus belles, on pourrait vivre pour elles, on en tombe amoureux sans s'en apercevoir. Elles renversent toutes les galaxies, elles brisent autant qu'elles font renaître. Ces aubes-là sont à la fois des séismes et des ivresses, elles sont des lignes de fuite qui ont des saveurs d'ailleurs. Elles s'installent et se dérobent, ignorant combien elles crient la déchirure qui va avec toute naissance. Frêles et magistrales, elles sont des ruptures et des recommencements. Elles tissent l'univers, elles éraflent les âmes abîmées, en même temps qu'elles y insufflent d'infinies sources d'espoir.

Merci à Pauline, pour sa présence et son soutien constants. Merci à Marie-Romaine, qui a porté ce projet avec un enthousiasme merveilleux. Merci à mes parents, qui se sont occupés de mes enfants pendant les relectures de ce texte et qui m'ont toujours dit qu'il fallait vivre d'art et de passion. Merci à Juliette, qui m'attendait. Merci à Matthieu, pour ses encres bleues, son talent et son amitié. Merci aux lectrices et aux lecteurs qui me suivent et qui me donnent des ailes. Merci à Dorian, pour ses lumières, toujours.

Dernières parutions :

Littérature

Avenue du Père-Lachaise, Monique Blond

Je ne serai pas toujours là, Catherine Soullard

La jeune captive, Christian Charrière-Bournazel

Le Malaisant, Natacha Sztabowicz

Le mauvais commentaire, Frédéric Azar

Manchester Dream - Le cœur de l'architecte, Dominique Memmi

Oser vouloir - Georgina Bazé, une femme dans l'Histoire, Marie Dufon-Roche

Au théâtre

Procès en scène, Basile Ader

Spiritualité

Faire corps, Sophie Galitzine

Sonder l'insondable, Bernard Besret

Essais

Chaos Machine, Max Fisher

ISBN : 978-2-494738-11-9

Dépôt légal : août 2024

Illustration 1re couverture : aquarelle de Matthieu Neau

Maquette et mise en page :
&com - Copsi Médias

Imprimé et façonné par Corlet imprimeur
ZI, rue Maximilien-Vox, Condé-sur-Noireau, 14110 Condé-en-Normandie, France
N° d'imprimeur : 24030057